오늘도 조이풀하게!

오늘도 조이풀하게!

박산호 장편소설

책이라는 신화
BOOK OF LEGEND

차례

1부 내 비밀의 문 〰〰〰〰〰 7

2부 진실의 열쇠를 찾아서 〰 69

3부 오늘도 조이풀하게! 〰〰 129

에필로그 213

작가의 말 219

1부

내
비밀의 문

1

정말이지 어른들은 너무 제멋대로야. 나는 홧김에 낡은 갈색 나무 대문을 내동댕이치듯 세게 닫았다. 매끄러우면서도 묵직하게 닫히는 아파트 철제 현관문과 달리 엄마보다 훨씬 나이가 많다는 나무 문은 힘없이 삐걱거리는 소리를 내며 닫히다 말았다. 이게 뭐야? 불현듯 엄마가 했던 말이 생각났다. 대문 아귀가 잘 맞지 않으니 닫을 때 두 손으로 끝까지 밀어서 닫아야 한다고.

나는 한숨을 쉬며 들고 있던 텀블러를 바닥에 내려놓고 대문을 끝까지 밀어서 닫았다. 가까스로 철컥 소리가 났다. 손에서 쇳가루 냄새가 나는 것 같아 손바닥을 탁탁 털다가 무심코 대문 위에 달린 검은 문패를 봤다.

한우현

얼굴도 본 적 없는 할아버지. 엄마의 아빠. '조이'라는 내 이름에 한씨 성을 물려준 것 말고는 아무 의미도 없는 이름. 구려, 구려. 이 집도 구리고, 대문도 구리고, 문패도 구리고, 다 구리다. 나는 텀블러를 다시 집어 들었다. 홧김에 뛰쳐나오긴 했는데, 어디로 가지?

대문 앞에 서서 사방을 둘러보는데 앞집이 눈에 들어왔다. 나무 문인 이 집과 달리 앞집은 초록색 철제 대문이었다. 번호 키가 아니라 열쇠로 여는 건 똑같지만 비교적 새것으로 깔끔했다. 갈색 나무 문패에는 검은색으로 '김승헌과 김별의 집'이라고 새겨져 있었다. 김별? 어쩐지 아장아장 걸어 다니는 아이가 있을 것만 같다.

그 이름을 보고 있으려니 아까 엄마랑 택시를 타고 이삿짐 트럭을 따라올 때 지나쳤던 놀이터가 떠올랐다. 나는 골목을 빠져나와 대로로 걸어 나갔다. 머리 위로 검푸른 하늘이 펼쳐졌다. 아침부터 소리 없이 내리던 눈은 어느새 그쳐 있었다. 이사 오는 날 눈이 오면 잘 산다고 엄마가 기뻐했는데. 사람도, 차도 없는 거리는 조용했다. 서울에선 한 블록마다 있던 편의점도 없었다. 역시 촌 동네.

놀이터는 생각보다 가까웠다. 아까 택시로 건너온 작은 다리에서 조금 떨어진 위쪽 오른편에 있었다. 나는 슬리퍼를 벗고 맨발로 그네 위에 올라섰다. 맨발에 닿는 발판의 감촉이 시원했다. 발을 힘차게 구르자 그네가 천천히 올라가기 시작했다. 그리고 계속 무릎을 굽히고 펴서 위로 날아올랐을 때, 생각지도 못했던 풍경이 눈앞에 펼쳐졌다.

졸졸 소리를 내며 흘러가는 실개천에 넓적하고 평평한 돌 여러 개를 놓아 만든 작은 징검다리가 있었고, 개천 양쪽으로 무성하게 자란 수풀이 보였다. 서늘한 바람이 내 이마를 슬쩍 쓰다듬고 지나갔다. 답답한 마음이 뻥 뚫려서 꺅꺅 소리를 질렀다.

팔이 아플 때까지 그네를 타다가 앉아 버렸다. 그러곤 그네 밑에 깔린 모래를 발바닥으로 슥슥 밀면서 텀블러를 들고 쭉 들이마셨다. 첫 모금에 알싸한 맛이 올라와 콧등을 세게 때렸다. 캬! 입속에 맴도는 차가운 독약 같은 맛을 느끼며 놀이터를 다시 둘러봤다. 평범한 놀이터인 줄 알았는데 이런 반전 나쁘지 않아.

슬슬 가야겠다는 생각에 핸드폰을 꺼내려다 아차 싶었다. 쿰쿰한 좀약 냄새가 풍기는 방에서 짐을 풀다 울화가 치밀어올라 그냥 뛰쳐나오는 바람에 핸드폰을 깜박한 것이다. 엄마가 전화했으면 어쩌지? 뭘 어째? 동거인인 나에게 상의도 없이 여기까지 끌고 온 엄마를 생각하니 다시 속이 부글부글 끓었다.

놀이터 입구로 누군가 들어왔다. 어두워서 희끄무레한 형체만 보였다. 어느새 까매진 하늘에 소심하게 뜬 작은 별 몇 개로는 놀이터의 어둠을 몰아내지 못했다. 키가 껑충 큰 그 사람은 그네에서 좀 떨어진 곳에 멈춰 섰다. 아저씨? 청년? 소년? 어지간한 여고생치고 키가 큰 나를(원래는 172센티미터이지만 누가 물어보면 항상 169라고 깎아서 대답한다) 대번에 압도할 정도로 컸다. 대충 봐도 180센티미터는 우습게 넘을 듯한 키에 야구 모자를 쓴 그는 기린처럼 날씬했다.

그는 손에 들고 있던 물건을 만지작거렸다. 저게 뭐지? 설마 위험한 거 아니야? 이를테면 마약이나 뭐 그런 거? 아니면 설마 밤에 혼자 다니는 여자를 위협하는 칼?! 나는 텀블러를 쥔 손에 바짝 힘을 줬다. 이 한조이가 그깟 것에 당할 줄 알고? 여차하면 매운맛을 보여 주지. 너 내 텀블러에 맞으면 최소 사망이야.

나는 어둠 속에서 눈에 힘을 팍 주었다. 엄마가 종종 놀리는 일명 '이글 아이' 장착. 그러나 의문은 허무할 정도로 쉽게 풀렸다. 그건 야광 줄넘기였다. 그는 가볍게 다리 스트레칭을 하더니 줄넘기를 하기 시작했다. 지금 일어섰다간 줄넘기를 방해할 것 같아서 엉거주춤 눌러앉았다. 그러곤 멋대로 오해해서 미안한 마음에 마음속으로 줄넘기 카운트를 시작했다.

키다리 남자는 평소에 줄넘기를 꽤 열심히 했는지 자세가 흐트러지지 않고, 호흡도 가빠지지 않은 채 규칙적이고 일정한 리듬으로 뛰었다. 그러다 999개를 넘었을 때 느닷없이 멈췄다. 엥? 저기요? 하나 부족한데요? 갑자기 놀이터 입구에 서 있는 가로등과 맞은편에 있는 가로등이 동시에 켜졌다. 있는 줄도 몰랐던 가로등들의 느닷없는 존재감이라니.

남자가 모자를 막 벗으려는데 오렌지색 불빛이 그의 얼굴을 정면으로 비쳤다. 흘러내리는 땀에 촉촉하게 젖은 곱슬머리. 끝이 동그랗고 뭉툭한 코. 까만 피부. 시골에서 키우는 강아지의 눈처럼 크고 맑은 눈. 어쩐지 슬퍼 보이는 그 눈에서 눈물이 흘러 불빛에 반짝 빛났다.

뭐야? 설마 울어? 세상에, 울면서 줄넘기하고 있었어? 게다가 저 색다른 그림체는 LA나 뉴욕 같은 도시에 있어야 어울릴 것 같은데? 무엇보다…… 정말 잘생겼어!

"와!"

나도 모르게 소리를 지르고 말았다.

2

기린 소년, 아니 사슴 소년? 아니, 기린인지 사슴인지 소년인지 청년인지 모를 그의 눈이 내 눈과 마주쳤다. 무심결에 외마디 소리를 지른 내 주둥아리를 찰싹 때리고 싶었다. 나는 본의 아니게 훔쳐본 게 뻘쭘해서 그네에서 일어났다. 그때 그가 내게 다가왔다. 젠장, 운동화만 신었어도 우사인 볼트보다 더 빠르게 도망칠 수 있는데!

"나 너 봤어."

그가 말했다.

"나, 나를 봤다고?"

바보처럼 왜 말은 더듬고 난리야, 한조이!

"응."

그는 좀 전에 울고 있었던 게 믿기지 않을 만큼 아무렇지 않은 목소리로 말했다. 엄마가 좋아하는 카리스마 넘치는 흑인 배우 덴젤 워싱턴에게 아들이 있다면 이렇게 생기지 않았을까 싶은 외모와 달리 한국어는 나보다 더 유창했다. 좋아하는 남자 스타일도 유전인가. 아무튼 낯선 그림체에 익숙한 한국어. 뭐지, 이 흐뭇한 조합은?

"오늘 이사 왔지? 나, 너희 앞집에 살아."

"아…….."

'혹시 우리 뭐 전생의 인연이나 운명적인 사랑인가요?' 하고 잠시 망상에 빠졌던 내가 무색해졌다. 아무래도 웹소설 좀 자제해야겠다. 아니, 머리가 좀 어질어질해서 이런 부작용이 생긴 것 같기도 하고.

"그럼 넌 혹시 별?"

별의 눈이 동그래지더니 싱긋 웃었다. 웃으면 눈썹이 반달처럼 휘어지는 미소. 쌀쌀한 밤바람에 어느새 내려간 체온을 순식간에 올리는 훈훈한 미소였다.

"우리 집 문패 봤구나. 맞아, 난 별이라고 해."

"아하."

상상했던 귀여운 아기는 아니었지만, 상상과 달라서 이렇게 기쁠 수가.

"넌?"

"나?"

"넌 이름이 뭐냐고."

"아, 나는 한조이라고 해."

불현듯 맨발로 모래 위에 서 있다는 자각이 든 나는 허겁지겁 발바닥을 털고 슬리퍼를 신었다. 크고 못생긴 내 발을 이 아이에게 보여 주고 싶지 않았다. 나는 텀블러를 들었다. 어색한 침묵이 흐르려던 찰나, 별이 내 텀블러를 가리키며 말했다.

"그거 물이니? 좀 마셔도 돼? 줄넘기했더니 너무 목이 말라서."

별은 내 대답을 기다리지도 않고 텀블러를 낚아채더니 입술이 뚜껑에 닿지 않도록 조금 높이 들어 벌컥벌컥 마셨다. 그가 물이라고 생각하는 액체를. 으악! 나는 마음속으로 비명을 지르면서 두 주먹을 불끈 쥔 채 별의 표정을 살폈다.

텀블러의 액체가 목으로 넘어가는 순간 별이 눈살을 찌푸리면서 컥컥거렸다. 예쁜 물방울 같은 눈동자가 동그래지더니 나를 봤다. 아주 짧은 침묵이 흐르고, 별은 미소를 지으며 텀블러를 내게 돌려줬다.

"잘 마셨다."

"어, 어. 그으래."

"집에 가는 길이면 같이 갈래?"

"그, 그럴까?"

머릿속에 뇌가 아니라 딱딱하게 말라 버린 스펀지가 든 것처럼 멍해진 나는 별을 따라 걸어갔다. 별은 말수가 적었고, 나는 치명적인 비밀을 들켜 버린 충격에 입을 열 수가 없었다.

각자 집 앞에 섰을 때 별이 말했다.

"잘 가."

"너도."

어서 빨리 대문 안으로 숨어 버리고 싶었다. 나는 떨리는 손으로 열쇠를 꺼내 돌렸다. 삐걱거리는 갈색 대문은 여전히 짜증이 날 정도로 비협조적이었다. 슬쩍 고개를 돌려 보니 별은 이미 초록색 대문 안으로 사라졌다. 나는 한숨을 쉬며 집 안으로 들어가 꽃밭 앞에 서서 텀블러 뚜껑을 열고 안에 남은 액체를 버렸다. 물인 줄 알고 별이 마신 소주를.

3

텀블러를 뒤집어서 탈탈 털고 나서 허리를 펴고 집을 둘러봤다. 길게 뻗은 1자 마루를 중심으로 한가운데는 안방, 그 양옆에 방 두 개가 ㄷ자 모양이었다. 마루와 안방에는 불이 환하게 켜져 있었다. 내가 뛰쳐나간 걸 알면서도 찾으러 오지도 않고. 쳇, 너무 용감한 모정 아닙니까? 아까 나갈 때까지만 해도 짐 풀어서 정리하느라 여념이 없던 엄마는 잠이 든 모양이었다.

나는 마당을 향해 돌아섰다. 왼쪽 수돗가 옆에 감이 다 떨어지고 빈 나뭇가지만 휑하니 하늘을 향해 뻗어 있는 감나무 세 그루가 보였다. 오른쪽으로 고개를 돌리니 엄마가 철쭉과 동백이라고 이름을 알려 준 꽃나무들 사이로 잡초가 무서울 정도로 왕성한 생명력을 과시하고 있었다. 꽃밭 반대편에는 창고가 아기 주먹만 한 크기의 자물쇠로 잠겨 있고, 그 옆에는 옥상으로 가는 시멘트 계단이 있었다.

엄마가 태어나고 자란 고향 집이지만 나는 오늘 처음 봤다. 엄마
는 17년 만에 이곳으로 돌아왔다. 정확히 말하면 내가 배 속에 있을
때 엄마는 고향을 떠났고, 한 달 전까지만 해도 내가 이 마당에 서
있게 될 줄은 정말 몰랐다.

작은 방 두 개짜리 좁은 서울 아파트에서 엄마와 둘이 살 때는 마
당 있는 집에서 살아보는 것이 로망이었다. 2년마다 이삿짐을 꾸려
야 하는 전세살이는 지긋지긋했다. 자주 전학을 다녔고, 그때마다
짐을 줄여야 했기에 추억이 서린 물건 따위 간직할 여유도 없었다.

그때는 나도 우리 집이라고 부를 곳이 있으면 좋겠다고 생각했
다. 내가 점점 커 가는 모습이 기록된, 키를 잰 흔적이 벽에 층층이
그어져 있는 집에서 뿌리를 내린 나무처럼 살아가고 싶었다. 하지
만 이건 내가 상상한 그런 집과는 달라도 너무 달랐다.

"조이니?"

자는 줄 알았던 엄마의 목소리가 안방에서 흘러나왔다.

"응."

"어서 씻고 들어가 자. 욕실은 어디 있는지 알지?"

"알아."

나는 부루퉁하게 대꾸하고 마루로 올라갔다.

4

"조이야, 일어나."

"으으음."

"조이야, 일어나라고."

"조금만 더 잘게."

"한조이! 일어나라니까!"

엄마가 이불을 확 잡아채며 무서운 목소리로 말했다.

"아, 진짜. 오늘까지 쉬면 안 돼?"

"안 돼! 지난주에 이사한다고 학교를 사흘이나 빠졌잖아. 월요일
부터 새로운 마음으로 가서 선생님께 인사도 드리고, 아이들과도
얼른 친해져야지. 새 학교에 적응도 하고."

"아직 교복도 안 나왔잖아. 나만 사복으로 가면 엄청 튄단 말
이야."

"전학생이니 이해할 거야. 시간이 갈수록 더 가기 싫어져. 엄마한테 삐진 거 아는데, 그만 좀 풀어."

그 소리에 눈이 번쩍 떠졌다. 엄마가 이렇게 대놓고 화해 신호를 보낼 때가 가장 위험하다. 이 신호를 놓쳐서 엄마의 분노가 폭발하면 여진이 적어도 일주일은 간다. 정신이 번쩍 들어서 일어나자, 엄마가 내 엉덩이를 툭툭 쳤다.

"아, 하지 마. 이거 인권 침해에 성추행이야."

"얼씨구. 씻기나 해. 너 좋아하는 찜닭 해 놨어."

찜닭이란 말에 마음이 풀려서 피식 웃으며 욕실로 들어갔다. 사흘 전 이 집에 처음 왔을 때 제일 경악했던 건 화장실 겸 욕실이었다. 그동안 얼마나 청소를 안 했는지 세면대는 때가 끼어 새까맸고, 변기는 곳곳에 똥 덩어리가 굳어 있는 데다 지린내가 진동해서 보기만 해도 토가 나올 지경이었다. 샤워기도 녹슬어서 거기서 나오는 물로 샤워했다가는 온몸에 두드러기가 날 것 같았다.

할아버지가 돌아가시고 3년 넘게 혼자 사시던 할머니는 치매에 걸렸다고 했다. 처음에는 증상이 가벼워서 아무도 알아채지 못했는데, 시간이 지나면서 점점 심해져서 시장에 장 보러 갔다가 집을 못 찾아서 길 가던 사람들의 도움으로 집에 온 적이 여러 번이었다고. 그러다 마침내 집에 오는 낯선 사람은 다 도둑놈이라는 망상까지 불러왔다.

할머니는 급기야 도와주려는 주민 센터 직원들도 들어오지 못하게 문을 잠가 버린 채 스스로 집 안에 갇혔다. 결국 주민 센터에서는 자식의 연락처를 찾았고, 엄마에게 이 소식을 전했다.

한 달 전, 엄마는 혼자 무천시로 돌아와 할머니를 요양원에 입원시켰다. 그리고 17년 동안 인연을 끊고 살았던 할머니를 가까이서 돌보기 위해 싫다는 나를 끌고 이곳에 왔다. 엄마는 포장 이사 직원들이 떠난 직후 팔을 걷어붙이고 욕실 청소부터 시작했다. 이미 욕실의 참상을 알고 있던 엄마는 샤워기와 필요한 부품을 사 와서 직접 교체하고, 대야에 락스와 세제를 풀어 몇 시간 동안 세면대와 변기와 타일 바닥을 문지르고 닦았다.

반짝거리는 샤워기, 새하얀 세면대, 엄마가 새 시트로 교체한 변기가 보이자, 오래전 기억이 떠올랐다. 내가 네 살 때였나. 거실 전등이 나간 걸 저녁에야 알게 된 엄마는 서툰 솜씨로 전등을 갈려고 의자 위에 올라갔다. 키가 160센티미터도 안 되는 엄마 손에 전등은 잘 닿지 않았고, 유난히 손재주가 없던 엄마는 한참을 진땀 흘리며 전등을 빼려고 안간힘을 썼다. 어린 눈에도 그런 엄마가 딱해서 의자를 잡아 주려는데, 그만 의자가 한쪽으로 기울어지면서 엄마가 전등을 움켜쥔 채 바닥으로 떨어지고 말았다.

픽! 전등이 깨지면서 사방으로 유리 조각이 날아가고, 나는 겁이 나서 울음을 터트렸다. 그러자 엄마는 내가 유리 조각을 밟거나 만져서 다치기라도 할까 두려워서 얼른 일어나 나를 안아 올렸다. 유리를 밟았는지 어느새 엄마의 발에서는 피가 흐르고 있었다. 나는 엄마의 맨발을 보며 생각했다. 우리 집에도 아빠가 있으면 좋겠다고.

✦

"모두 조용."

교탁 앞에 선 담임 선생님 말에 18쌍의 눈이 내게 쏠렸다. 온몸이 불판에 올려놓은 오징어처럼 순식간에 오그라드는 것 같았다.

"서울에서 전학생이 왔다. 이름은 한조이. 여기 무천시는 처음이라 모르는 게 많을 거야. 모두 잘 도와줘."

아이들의 이글거리는 시선이 닿아서인지 온몸이 따끔거렸다. 아무리 전학을 많이 다녀도 이 순간은 당최 적응이 안 된다.

"한조이, 자기소개해."

담임 선생님이 나를 보며 말했다. 아, 그딴 거 안 하면 안 될까요? 내가 거북이였다면 좋았을 텐데. 목을 쏙 집어넣고 딱딱한 껍데기 안으로 숨어 버리고 싶다. 나는 호기심과 권태가 반반씩 섞인 아이들의 눈동자를 보며 말했다.

"안녕, 한조이라고 해. 잘 부탁해."

귀에 거슬리는 목소리가 들렸다.

"와, 키 대박 크다! 170 넘겠어! 거인족이네!"

사방에서 아이들이 킥킥거렸다. 너 누구야? 너 밤길 조심해라. 감히 나의 치명적인 아킬레스건인 키를 건드려? 나는 그 남자애를 마음속 데스노트에 꼭꼭 눌러 적으면서 조용히 이를 갈았다.

"다들 조용히 해."

담임은 그렇게 외치고 아이들을 둘러봤다.

"조이 자리는 어디가 좋을까? 아, 저기 별이 옆에 앉으면 되겠다."

담임은 2분단 맨 뒷자리를 가리켰다. 거기엔 두 자리가 나란히 비어 있었다. 내가 의아한 표정으로 보자 담임이 말했다.

"별이는 뉴욕에 현장학습 갔는데, 내일 올 거야. 오늘은 이번 달 친화 부장인 이수현이 조이 데리고 학교 안내해 줘."

별이? 설마 놀이터에서 본 그 사슴, 아니 기린 소년? 내가 그런 의문에 빠진 사이에 이수현이란 아이가 나에게 고개를 살짝 끄덕였다. 그건 그렇고 친화 부장이라니? 설마 우리 모두 친하게 지내요, 그런 '친화'인가? 뭐야, 유치원도 아니고 여기 고등학교 맞아?

수현이란 아이는 요즘 에버랜드에서 인기 폭발인 귀여운 판다 푸바오와 아주 많이 닮았다. 키가 작고 포동포동한 체격에 눈도 동글, 코도 동글, 얼굴도 동글. 심지어 가는 은테 안경까지 동그란 게 굉장히 순하고 귀여워 보이는 인상이다. 음, 어쩐지 친화 부장이란 타이틀이 잘 어울리는 비주얼이야. 앞으론 널 푸공주로 부르겠어.

수현과 가볍게 눈인사를 한 후 책가방을 들고 담임이 가리킨 자리로 가는 순간 뒷문이 드르륵 열렸다. 모두의 시선이 그쪽으로 쏠렸다. 거기에 놀이터에서 본 그 아이가 서 있었다. 김별. 훤칠하게 큰 키에 깊은 밤처럼 까만 피부, 맑고 큰 눈망울. 그 애가 내 짝이었다.

　별이 나를 향해, 아니 사실은 자기 자리를 향해 걸어오다가 내 시선을 느꼈는지 나를 힐끔 봤다. 별은 처음엔 '네가 왜?' 하는 표정이었다가 환하게 미소를 지었다. 아, 갑자기 왜 심장이 펄쩍펄쩍 점프하는 거냐? 있는 줄도 몰랐던 심장이 이렇게 강력한 존재감을 과시하는 건 17년 인생 처음이다. 심장아, 제발 나대지 마. 이러다 터질 것 같아.

5

"조이라니, 이름 정말 예쁘다. 외국인이나 교포 같기도 하고. 혹시 세례명이야?"

음, 이 질문을 들은 지가 백만 스물두 번째던가. 뭐, 아무튼 수현에겐 처음이니 나도 처음 들은 것처럼 대답해 주는 게 예의겠지.

"아니. 난 무교야. 엄마가 지어 주셨어."

"오, 너희 엄마 감각 있으시다."

"그런데 친화 부장이란 건 뭐야?"

내 이름에 이어 달갑지 않은 호구조사가 나오기 전에 서둘러 질문을 던졌다. 질문엔 질문으로 맞서는 게 좋은 전술이지.

"아, 그건 우리 쌤의 개똥철학이야."

수현이 심드렁한 표정으로 말했다. 점점 모를 소리만 한다. 철학이라니. 소크라테스, 니체, 뭐 이런 건가?

"우리 쌤은 '우리 반에선 절대 왕따나 은따는 없다'는 게 신조거든. 스따까진 어쩔 수 없고. 그건 개인의 선택이니까. 그래서 누구도 겉돌거나 외로워하지 않도록 친화 부장이란 자리를 만들었어. 영국엔 외로움 담당 장관이 있고 우리 반에는 친화 부장이란 게 있지. 3개월에 한 번씩 아이들이 투표로 뽑는데, 이번엔 내가 뽑혔어."

음, 굉장히 이상한 학교에 와 버린 것 같다. 하지만 푸공주인 수현은 싹싹하고 친절해 보인다. 무엇보다 사슴 소년, 아니 김별이 짝이라니! 이건 온 우주가 나를 응원한다는 계시야. 점심시간에 푸공주와 같이 급식실에 다녀온 후 나의 행복 지수는 껑충 뛰었다. 그동안 다닌 학교 중에 급식으로만 치면 단연 톱이다.

"넌 지금까지 서울에서만 살았어?"

따뜻한 햇볕이 내리쬐는 운동장 스탠드 앞 계단에 앉아 농구하는 남자아이들을 감상하는데, 갑자기 수현이 물었다.

"응. 넌 여기 무천이 고향이야?"

"어. 난 한 번도 서울에 가 본 적 없어. 서울은 엄청 세련됐지? 넌 서울 어디 살았어? 홍대? 강남? 대학로?"

"다 아닌데. 말해도 모를걸. 서울 끄트머리라. 휘경동에 살았어."

"휘경동? 뭐, 그래도 서울이잖아. 나도 내년에는 꼭 서울에 갈 거야."

"여행 가? 아니면 친척이 서울에 사셔?"

"아니, 나 있지……."

수현은 잠시 주위를 둘러보다가 나에게 가까이 오라고 손짓하더니 조용히 말했다.

"나 오디션 보러 갈 거야. 케이 틴이란 오디션 보려고."

"아, 그 10대 가수 뽑는 오디션? 올, 노래 좀 하나 본데?"

"난 노래 부르는 게 세상에서 제일 좋아."

수현이 갑자기 수줍어했다. 와, 이건 푸바오가 워토우나 당근 볼 때 짓는 표정인데. 정말 노래가 좋은가 봐.

"부럽네. 좋아하는 게 이렇게 확실하다니. 난 아직 뭐가 좋은지 잘 모르겠던데."

내 말에 수현은 날 찬찬히 살펴보더니 대나무를 본 푸바오처럼 눈을 반짝였다.

"너도 언젠가는 정말 정말 좋아하는 게 생길 거야."

"그럴까……."

운동장에서 환호성이 터졌다. 농구대 앞에서 남자아이들이 소리를 지르고 있었다. 아이돌 팬 미팅에 온 것처럼 꺅꺅거리는 여자아이들의 소리도 들렸다. 서울이건 무천이건 여자아이들의 비명은 다 똑같군.

"건우 짱! 덩크슛 대박!"

환호성의 주인공은 아마도 키가 훌쩍 크고 어깨가 어마어마하게 넓은 남자아이 같았다. 아까 우리 반에서 봤는데, 이름이 건우인가 보네. 그때 같은 여자가 봐도 위태위태하게 짧은 교복 치마를 입은 여자아이가 건우에게 물병을 내밀었다. 그러자 다시 가벼운 야유와 환성이 폭죽처럼 터졌다.

"누가 커플 아니랄까 봐, 티 내기는."

수현의 목소리에 선망과 질투와 뭔가 정체를 알 수 없는 복잡한 감정이 느껴졌다. 나는 운동장으로 고개를 돌려 건우란 아이 옆에 있는 여자아이를 봤다. 아까 담임 옆에 서 있을 때 유달리 하얀 피부에 서구적인 이목구비가 오목조목 예뻐서 시선이 갔었다.

"쟤도 우리 반이니? 이름이 뭐야?"

내가 묻자, 수현이 한숨 섞인 목소리로 말했다.

"김유리라고, 다 가진 아이지. 둘이 우리 학교에서 가장 유명한 커플이야. 유리는 배우 지망생인데 주말마다 서울에 올라가서 일대일 연기 코칭 받는대. 인생 참 불공평하지 않니?"

음, 눈길이 가는 한 쌍이긴 하군. 그때 5교시 10분 전을 알리는 종소리가 들렸다. 수현이 내 손을 잡고 이끌었다.

"음악 시간이야. 가자."

얼떨결에 잡은 수현의 손은 따뜻했다. 나는 수현의 손을 잡고 가면서도 계속 잡고 가야 할지 고민이 됐다. 다시는 아프고 싶지 않다. 다시는 상처받고 싶지 않다. 이런 두려움이 너무 커서 내게 다가온 손을 계속 잡고 있을 수가 없었다. 이렇게 겁쟁이가 된 내가 나도 너무 마음에 안 든다.

자리가 지정된 우리 반 교실과 달리 음악실에선 자유롭게 앉을 수 있었다. 어느새 수현이 내 옆에 앉았고, 별은 저만치 뒤쪽에 떨어져 혼자 앉아 있었다. 나머지 아이들도 좋아하는 친구끼리 앉은 듯 보였다. 나는 안도의 한숨을 쉬었다. 그나마 친화 부장이 아니었으면 혼자 뻘쭘하게 앉아 있었겠지.

음악 선생님은 미친 과학자처럼 백발의 곱슬머리가 사정없이 헝클어진 할아버지였다. 하지만 어마어마하게 두꺼운 렌즈 너머로 보이는 큰 눈에 미소가 넘실거리는 얼굴이 마음에 쏙 들었다. 그런 생각을 하다 음악 선생님과 눈이 마주쳤는데, 선생님이 고개를 갸웃하더니 나를 향해 손짓했다.

"못 보던 얼굴이네. 넌 누구니?"

선생님의 긴 손가락은 분명 나를 가리키고 있었다. 다시 18쌍, 아니 이제는 김별까지 19쌍의 눈이 나를 보고 있었다. 식은땀이 흘렀지만, 어른이 뭘 물어보면 재깍 대답해야 한다는 유교걸의 DNA가 발동한 나는 벌떡 일어나서 말했다.

"한조이라고 합니다."

"한조이?"

선생님은 출석부를 확인하더니 고개를 끄덕였다.

"아, 전학생이구나. 그래, 반갑다."

그때 앞으로 내 악몽에 단골로 출연하게 될 것만 같은 재수탱이 목소리가 날아왔다.

"선생님, 전학생 노래 좀 들어 봐요."

나는 그 소리가 날아온 방향으로 고개를 돌렸다. 아까 수현에게 물어봐서 이름을 외워 둔 얄미운 자식이었다. 박진오라고. 될 수 있으면 엮이지 않는 게 좋다고, 수현이 썩은 표정으로 말했던 자식. 아오, 너 진짜 밤길에 혼자 다니지 마라. 너, 옐로카드야!

박진오의 느닷없는 발언에 맞춰 어느새 다른 아이들까지 "노래해! 노래해! 노래해!"를 외치고 있었다. 나는 주위를 둘러봤다. 수현은 안쓰러운 표정으로 날 보고 있었다. 진오는 원숭이처럼 낄낄거리고, 진오 뒤에 있던 유리는 옆에 앉은 건우에게 귓속말하며 나를 기분 나쁘게 힐끔거렸다.

배우 지망생이라는 유리는 볼수록 예뻤다. 다만 배우나 아이돌 연습생 중에서도 종종 폭력이나 왕따 스캔들로 유명해지는 그런 앙칼지고 새침한 인상이랄까. 모두의 관심을 독차지해야 만족하는 나르시시스트처럼 보이기도 하고. 갑자기 희대의 명언이 떠올랐다.

'인상은 과학이다.'

건우는 마치 허공에 떠다니는 먼지를 보는 것처럼 무심한 표정으로 날 보고 있었다. 어쩜 저렇게 권태로운 인상일까. 아까 농구대 앞에서 덩크슛을 날려 아이들이 환호할 때도 마치 군중 속에 혼자 있는 것처럼 쓸쓸해 보였다. 인형처럼 예쁜 여친 덕분에 남자아이들의 부러움을 한 몸에 사던 순간에도 그의 입가엔 왠지 모를 냉소가 서려 있었다.

마침내 내 시선은 음악실 끝에 앉은 별에게 가닿았다. 별은 나를 보자 생긋 웃더니 엄지를 들어 보였다. 갑자기 링에 올랐을 때처럼 투지가 끓기 시작했다. 어디 한번 해보지 뭐, 사람이 맞아 죽는 일은 있어도 창피해서 죽진 않잖아. 아니, 사실은 죽나?

나는 아이들을 똑바로 보며 말했다.

"노래 제목은 「붉은 노을」이야."

아이들이 웅성대고 수현이 "빅뱅?" 하고 속삭이는 소리가 들렸다. 선생님은 노래 제목을 듣고 조금 놀란 표정으로 나를 바라봤다. 나는 별을 향해 마음속으로 윙크하며 노래를 시작했다. 잘 들어 줘.

"붉게 물든 노을 바라보면…… 눈물 흘러 아무 말 할 수가 없지만……."

여기까지 부르자 아이들의 표정이 일그러지기 시작하더니 누군가 풋 웃었다. 나는 굴하지 않았다. 기왕 시작한 거 끝장을 내자. 인생이든 대결이든 기세가 중요해! 서울에서 다니던 킥복싱 체육관의 털보 관장님이 하신 말씀이 떠올랐다.

"……저 대답 없는 노을만 붉게 타는데."

이제 아이들의 킥킥대는 소리는 파도처럼 사방으로 번졌다. 건우의 귀에 대고 뭐라고 소곤거리던 유리도, 세상 무심해 보이던 건우도 놀란 눈으로 나를 쳐다봤다. 수현은 열심히 입 모양으로 내 노래를 따라 부르고, 별은 함박웃음을 지으며 나를 보고 있었다. 나는 별의 미소에 마음을 기댄 채 더 큰 소리로 노래를 불렀다.

노래가 끝나자 아이들은 책상을 두드리며 웃어 댔고, 두꺼운 안경을 쓴 음악 선생님은 긴 손가락을 안경 안으로 집어넣고는 웃다가 흘린 눈물을 닦았다.

"와, 대단한 공연이었다. 한조이라고 했지?"

음악 선생님이 말했다.

"네."

"내가 음악을 가르친 지 30년이 넘었는데 너같이……."

선생님은 나를 보고 싱긋 웃은 후 말을 이었다.

"음정, 박자, 리듬이 자유로운 노래는 처음 들어 봤다. 조이라고? 넌 이름처럼 사람들에게 기쁨을 주는 아이겠어."

「반지의 제왕」에 나오는 마법사 간달프처럼 머리가 새하얀 선생님이 내 등을 토닥이며 말했다.

천하제일의 음치란 말을 이렇게 다정하게 표현하시다니. 나는 돌아서서 박진오를 노려봤다. 박진오는 하이에나 새끼처럼 비열한 표정으로 웃고 있었다. 어디 한번 실컷 웃어 봐. 그렇게 웃을 수 있는 날도 얼마 안 남았어, 이 새끼야.

6

겨울에 태어나서인지 나는 겨울이 좋다. 하지만 이 추운 겨울에 히터를 빵빵하게 틀어대는 버스를 타면 속이 울렁거리고 멀미가 난다. 그래서 학교에서 집까지 30분 거리를 걸어 다니기로 했는데, 그런데…… 아까부터 누가 나를 따라오는 느낌이 들었다. 엎친 데 덮친 격으로 우리 집이 있는 골목으로 들어간 순간 가로등이 팟 소리를 내며 꺼졌다.

젠장, 하나도 안 무서워. 하나도 안 무섭다고. 이 말을 주문처럼 외우며 빠르게 걸어가는데 누가 내 뒤에 바짝 붙는 느낌이 들었다. 휙 돌아서자, 거대한 그림자가 나를 내려다보고 있었다. 나는 본능적으로 그림자의 팔 하나를 움켜쥐고 확 비틀었다.

"아얏! 너 뭐야!"

의외로 앳된 목소리였다. 엉겁결에 팔을 놓자 가로등이 다시 켜

지면서 내 앞에 선 그림자의 정체가 드러났다. 맙소사, 아까 학교에서 본 건우라는 아이였다.

"너, 너 뭐야? 왜 날 따라와?"

놀란 나머지 나는 말을 더듬고 말았다. 건우는 왼팔을 주무르며 얼굴을 찡그리다가 내 말을 듣고 인상이 더 찌그러졌다.

"따라오다니 뭔 소리야? 우리 집에 가는 건데."

"너희 집?"

내가 웅얼거리자, 건우가 긴 팔을 들어 골목 끝에 있는 웅장한 기와집을 가리켰다. 한눈에 봐도 심상치 않은 기운을 뿜어내는 그 집은 우리 집과 뒤쪽을 맞대고 있었다.

"미안, 몰랐어. 이사 온 지 얼마 안 돼서."

나는 쥐구멍이라도 있으면 들어가고 싶은 심정으로 고개를 숙였다. 그때 건우의 웃음소리가 들렸다. 고개를 들어 보니 그의 눈이 반짝이고 있었다. 뭐지, 저 눈깔은? 뭔가 기괴하고 신기한 생물을 보는 눈깔 같잖아. 으으으, 기분 나빠.

"아까 노래 재밌더라. 앞으로도 종종 부탁해."

건우는 칭찬인지 조롱인지 알 수 없는 말을 날리고 기와집을 향해 뚜벅뚜벅 걸어가 버렸다. 뭐냐, 저 기분 더러워지는 멘트는? 홧김에 대문을 뻥 걷어찼는데 순간 문이 열렸다.

"한조이, 뭐 하는 거야? 대문에 왜 발길질이야?"

엄마가 허리에 두 손을 얹은 채 나를 보고 웃었다. 나는 엄마의 품으로 뛰어들었다.

"아이고, 우리 따님이 왜 이러셔? 학교에서 무슨 일 있었어?"

엄마가 내 등을 토닥이며 말했다.

"엄마, 우리 학교 참 이상해."

'이상하지만 나쁘진 않은 것 같아'란 말은 속으로 삼켜 버렸다.

✧

오늘은 금요일. 개교기념일이니 실컷 늦잠을 잘 생각이었는데, 아침부터 마당에서 시끄러운 소리가 들렸다. 무천 사투리가 강한 아저씨들의 굵은 목소리. 거기다 퍽퍽 삽질하는 소리와 위잉위잉 기계 돌아가는 소리까지 합세해서 어마어마하게 시끄러웠다.

소음을 애써 무시하고 이불을 얼굴 위로 끌어당기는 순간 방문이 열리고 엄마의 목소리가 들렸다.

"그만 일어나지? 아저씨들 오셔서 공사하시잖아. 어서 아침 먹고 너도 거들어."

나는 일어나서 눈을 비비며 물었다.

"아침부터 웬 아저씨들? 오늘 개교기념일이라서 푹 쉬고 싶다고."

"마당 공사를 하기로 해서 주말 내내 바쁠 거야. 어서 일어나."

"엄마, 나 고1이야. 내 입으로 이런 말 하기 그렇지만 나도 대학에 가려면 공부란 걸 좀 해 봐야 하지 않겠어? 그런데 맨날 막일만 시키면 어떡해? 뭐, 대학 안 가도 물려줄 빌딩이 있다면 모를까. 혹시 나 재벌집 막내딸인데 나만 모르고 있는 거야?"

"공부해서 대학에 가겠다는 사람이 맨날 웹소설, 웹툰만 보니? 그리고 정원 가꾸고 집 정리하는 것도 다 공부야. 엄마도 공부해 볼 만큼 해 봤는데 책으로만 하는 공부가 다가 아니라고."

"아, 잔소리. 잔소리. 귀에서 피 나겠어!"

귀를 막는 나를 보며 엄마는 피식 웃더니 부엌으로 오라고 하고 나갔다. 부엌이라니. 서울에서 방 두 칸짜리 아파트에 살 때는 부엌인지 거실인지도 구분하기 어려웠다. 서재도 따로 없어서 엄마는 늘 식탁에서 일했다. 그래서 식사 때는 엄마가 즐겨 쓰는 펜들과 노트와 이어폰 사이에 찌개와 반찬 그릇을 늘어놓고 밥을 먹었는데, 참 많이 변했다.

7

　아저씨들이 일하는 동안 엄마와 나는 정원 왼편에 있는 수돗가를 청소하고, 잡초를 뽑았다. 그 와중에 엄마는 틈틈이 아저씨들에게 시원한 음료수와 제과점에서 사 온 빵과 과일을 내가느라 바빴다. 나는 옥상을 청소하고, 엄마가 세탁기에 돌린 빨래를 바구니에 담아 옥상에 있는 빨랫줄에 널었다.

　빨래를 다 널고 뒤를 돌아보자, 기와집이 보였다. 저기가 건우 집이라고 했지? 고개를 쭉 빼고 살펴보는데 나무 그늘 아래 축 늘어져 자는 갈색 털 뭉치가 눈에 들어왔다. 뭐야? 설마 강아지? 내 시선을 느꼈는지 그 털 뭉치가 고개를 들어 나를 보더니 다시 옆으로 털썩 누웠다. 너도 주인 닮아 매사에 심드렁하구나. 순간 어젯밤 건우가 했던 말이 떠올랐다. 내가 무의식중에 비틀었던 곳이 아팠는지 건우는 팔을 주무르며 이렇게 말했다.

"몸놀림이 예사롭지 않은데. 너 운동했지?"

"그러는 너야말로 운동 좀 했나 봐? 어깨가 완전 태평양이야. 혹시 수영?"

아무 생각 없이 던진 말이 적중했는지 건우는 대꾸도 안 하고 가버렸다. 아니, 수영 선수였느냐는 말이 그렇게나 불쾌했어요? 덩치는 산만 한데 멘탈은 습자지 같은 녀석. 멍하니 건우 생각을 하고 있는데 밑에서 날 부르는 소리가 들렸다.

"조이야, 일 다 끝났다. 그만 내려와."

빈 빨래 바구니를 가지고 내려가는데 아저씨 둘이 엄마에게 다가갔다. 엄마는 주머니에서 봉투를 하나 꺼내 내밀었다. 둘 중 대장처럼 보이는 아저씨가 봉투에서 지폐를 꺼내 세어 보더니 얼굴을 구겼다. 그걸 보고 엄마가 조심스럽게 물었다.

"처음에 약속했던 금액 맞죠?"

늘 밖에서 일해서 그런지 얼굴이 까맣게 탄 아저씨가 퉁명스러운 목소리로 말했다.

"사모님이 전화로 설명했던 것보다 뜰이 훨씬 더 큰데요. 우리 둘이 두어 시간이면 후딱 끝날 줄 알았는데 두 시간이나 초과했어요."

"아니, 제가 전화로 우리 정원 평수에다 공사 내용까지 확실히 설명해서 견적을 낸 건데, 이제 와서 이러시면 안 되죠."

엄마가 침착한 목소리로 말했다.

"아니, 그건 현장을 보기 전이어서 그랬지. 아줌마가 이런 공사를 안 해 봐서 말이 안 통하네. 이 집 아저씨 없어요? 이런 이야기는 남자랑 하는 게 편한데."

사모님에서 아줌마로 눈 깜짝할 사이에 바뀌는군.

"아니, 구두 계약도 계약인데 이렇게 딴소리하시면 안 되죠. 전 약속했던 금액에서 한 푼도 더 드릴 수 없어요."

단호한 엄마의 목소리에 대장 아저씨가 갑자기 마당에 침을 탁 뱉었다. 그걸 보고 화가 난 내가 엄마 옆에 가서 눈에 힘을 팍 주고 노려봤다. 대장 아저씨는 그런 날 힐끗 보더니 말했다.

"아줌마, 이러지 말고 바깥양반 나오라고 해요. 아, 바깥분은 아예 없는 건가?"

아저씨가 노골적으로 집 안을 둘러보자, 엄마는 아무 대꾸도 하지 않고 핸드폰을 꺼내 번호를 눌렀다.

"지금 뭐 하는 건데요?"

대장이 물었다.

"소개소에 전화하는 거예요. 소장님하고 말씀하세요."

엄마의 차가운 목소리에 대장은 흥, 하고는 데리고 온 조수에게 눈짓하더니 나가 버렸다. 남자들이 나가자, 엄마는 나를 보며 말했다.

"조이야. 부엌에 가서 굵은소금 좀 가져와. 대문 앞에 뿌려야겠다."

“알겠어.”

여차하면 주먹을 날릴 준비를 하고 있었던 나는 비로소 긴장을 풀고 부엌으로 갔다. 내가 소금을 한 주먹 쥐고 나오자, 엄마가 풋웃었다.

“우리 딸 손도 크네.”

“재수 없는 만큼 골고루 뿌려야지.”

나는 정색하며 대꾸했다. 집에 남자 없다고 이런 식으로 우리를 은근슬쩍 압박하는 사람들이 한둘이던가. 얼마 전 포장 이사만 해도 집에 남자 어른 없다고 게으름을 피우고도 모자라 엄마가 아끼는 꽃병과 거울까지 깨 먹고 뻔뻔하게 굴던 인부들을 생각하면 아직도 화가 난다.

“점심은 나가서 먹자. 엄마가 한턱 쏠게. 맛집 찾아 놨어.”

“오, 거기 스테이크도 있어? 나 고기 먹어 본 지 백만 년은 된 것 같은데.”

“당연히 있지. 채끝 스테이크도 맛있다고 리뷰에 올라왔더라. 사진 보니까 네가 좋아하는 인스타 갬성이야.”

“오, 인스타 갬성!”

“어서 씻고 나가자.”

“오케이.”

엄마가 맛집 리뷰 사이트 '멜론 플레이트'에서 찾았다는 레스토
랑은 시내 중심가에 있었다. 중심가라고 해 봤자 우리 집에서 걸어
서 30분 정도 되는 거리다. 무천이 다른 건 몰라도 걸어서 대충 30분
내지 1시간 거리에 모든 게 있다는 게 참 좋았다.

레스토랑은 인스타에서 본 파리의 작은 카페 같았다. '별이네'라
는 간판 밑에 파란 차양과 하얀 페인트를 칠한 나무 문이 달려 있었
다. 문을 여는 순간 딸랑, 딸랑 작은 종이 흔들렸다. 실내는 대낮인
데도 아무것도 보이지 않을 만큼 어두웠다. 키가 훌쩍 큰 누군가가
우리에게 다가왔다.

"어서 오세요."

어둠이 서서히 눈에 익자 차양과 같은 파란색 앞치마를 입은 별
이가 눈앞에 있는 게 보였다.

"앗!"

"네가 왜 여기에?"

우리는 동시에 외쳤다. 엄마는 의아한 표정으로 나와 별이를 번
갈아 봤다.

"여기서 알바해?"

내 물음에 별이가 고개를 끄덕이며 대답했다.

"우리 식당이야. 집안일 돕는 거지 뭐."

"알바 비는 꼬박꼬박 받으면서 하는 소리 봐. 최저 시급보다 더

많이 주잖아."

어느새 별의 뒤에 선 남자가 별의 머리에 알밤을 먹이며 말했다. 하얀 앞치마를 맨 그는 별처럼 키가 크고, 긴 머리를 하나로 묶고 검은 뿔테 안경을 쓰고 있었다. 30대 후반으로 보이는 그는 요리사라기보다는 피아니스트나 디자이너 같았다. 그 남자가 엄마와 내게 인사를 했다.

"안녕하세요. 별이 친구인가 보네요."

"엄마, 여긴 나랑 같은 반이고, 이름은 별이라고 해."

내가 말했다.

"아, 그렇구나. 반가워요. 난 그냥 맛집 사이트에서 검색해서 왔는데, 이런 인연이."

엄마는 활짝 웃어 보였다.

"안녕하세요. 반갑습니다. 네가 그 전학생이구나. 우리 앞집에 산다며?"

아저씨가 빙긋 웃으면서 조용하고 아늑해 보이는 안쪽 테이블로 우리를 이끌었다.

"여기 앉으세요. 별이가 서빙할 겁니다. 전 요리하러 가야 해서, 이따 뵐게요."

우리 둘만 남았을 때, 엄마가 눈을 동그랗게 뜨며 물었다.

"우리 집 앞에 산다고?"

"응. 알고 보니 앞집에 살더라고. 문패 못 봤어? 김승헌과 김별의 집이라고 적혀 있었잖아. 저 아저씨가 별이 아빠인가 봐."

"음, 비주얼이 굉장히 훈훈한 부자네. 그나저나 이사 와서 떡도 안 돌렸는데 이렇게 만나니 좀 미안하다."

엄마는 메뉴판을 보면서 중얼거렸다. 엄마랑은 종종 말이 안 통한다고 느낄 때도 많고, 엄마 때문에 내 인생이 엉망진창인 것 같아 억울할 때도 있었다. 그런데 이런 엄마는 참 좋다. 별의 얼굴을 보고도 아무것도 묻지 않고, 섣부른 짐작도 하지 않는 엄마. 우리 집이 그렇듯 누구나 말할 수 없는 사연이 하나씩은 있다고 생각하는 엄마.

"주문하시겠어요?"

어느새 별이 와서 물었다.

"음, 조이가 좋아하는 스테이크, 알리오올리오 스파게티랑……
난 담백한 맛의 피자를 먹고 싶은데, 추천 좀 해 줄래?"

엄마의 물음에 별이 말했다.

"시금치 피자 맛있어요. 우리 삼촌이 개발한 메뉴인데 잘 나가요."

아, 아빠가 아니라 삼촌이었구나. 어쩐지 너무 젊어 보이긴 했어.

"좋아. 그럼 그렇게 주문할게."

잠시 후, 엄마와 내가 얼음을 넣은 제로 콜라를 마시고 있을 때 시키지도 않은 과일샐러드가 나왔다. 의아해 하는 우리에게 별이

서비스라고 귀띔했다.

음식을 다 먹어 갈 때쯤 별의 삼촌이 우리 테이블로 왔다.

"음식은 어떠셨어요? 입에 맞으셨나요?"

"정말 맛있었어요."

엄마와 내가 입을 모아 말했다.

"아, 다행입니다. 별이가 재미있는 친구가 전학을 왔다고 했거든. 그것도 우리 앞집에 이사 왔다고 해서 궁금했는데. 조이라고 했지? 앞으로 우리 별이랑 친하게 지내 줘."

별이가 내 말을 했다고? 거기다 재밌다고 했다니, 좋기도 하면서 어쩐지 실망스러웠다. 난 단순히 재. 밌. 는. 아이에 불과한 건가. 건우도 나보고 재밌다고 하더니만. 이것들이 기왕이면 예쁘다거나 매력적이라거나 귀엽다거나, 이런 형용사를 붙일 수도 있잖아! 역시 남자들의 빈곤한 어휘력이란.

"저야말로 먼저 가서 인사했어야 했는데, 미안해요. 앞으로 이웃끼리 친하게 지내요."

엄마가 미소를 지으며 말하자, 별의 삼촌이 엄마에게 손을 내밀며 말했다.

"잘 부탁드립니다. 전 별의 삼촌 김승헌이라고 해요."

김승헌? 문패에 적힌 이름이잖아. 그럼 별이는 삼촌하고만 사나? 엄마도 별의 삼촌이 내민 손을 잡으며 말했다.

"반가워요. 한정연이라고 해요. 저도 잘 부탁드려요."

그러자 별의 삼촌 눈이 커졌다.

"아까부터 설마 설마 했는데. 혹시 영화 번역가 한정연 님이세요?"

이번엔 엄마가 놀랐다.

"저를 아세요?"

별의 삼촌이 흥분한 목소리로 말했다.

"아까 들어오실 때부터 긴가민가했어요. 제가 영화광이라서 개봉한 영화는 거의 다 극장에서 보거든요. 예전에 신문 인터뷰에 나온 사진을 본 적이 있어서, 혹시 번역가님이 아닐까 생각했는데. 와, 저 성덕 됐네요!"

어느새 별의 삼촌은 내 옆자리에 앉아 엄마와 영화 이야기를 늘어놓기 시작했다. 마침 브레이크타임이라면서. 그때 카운터에 서 있던 별이 손짓하더니 나를 레스토랑 뒤편에 있는 주방으로 이끌었다. 생각보다 널찍하고 티끌 하나 없이 깨끗한 공간이었다.

"아이스크림 좋아해?"

별이 물었다.

"세상에 아이스크림 싫어하는 사람도 있니?"

나는 새침하게 보이려고 애쓰며 대답했다.

"그런가. 넌 무슨 맛 좋아해?"

"바닐라."

"의외네."

별은 벽에 나란히 붙어 있는 대형 냉장고 세 대 중에서 가장 안쪽에 있는 냉장고를 열더니 냉동칸에서 하얀 아이스크림 통을 꺼냈다. 그리고 투명하고 넓적한 디저트 접시를 가져와 아이스크림을 담았다.

"우리 삼촌은 수다쟁이야. 이거 먹으면서 기다려."

"넌 안 먹어?"

"난 매일 먹어서 질렸어."

스푼으로 아이스크림을 푹 떠서 한입 맛보는 사이, 별이 말했다.

"그 텀블러에 대한 보답이야."

컥. 나는 먹던 아이스크림을 뿜고 말았다.

8

    레스토랑을 나오자, 아까만 해도 한산하던 거리가 사람들로 북적였다. 엄마는 시내까지 나온 김에 근처에 있는 시장에 가 보자고 했다.

    시장에는 생선, 반찬, 떡, 과일, 속옷과 각종 잡화, 조명, 철물 등의 가게가 즐비해 있었고, 저녁 장을 보러 나온 사람들로 가득했다. 사과를 좋아하는 엄마가 과일 가게 앞에서 발걸음을 멈췄을 때였다. 옆에서 박수 소리가 들렸다. 우리는 무심코 그쪽으로 고개를 돌렸다.

    생선 가게 앞에서 한 무리의 사람들이 서 있었다. 거기에는 회색 양복 차림에 키가 아주 큰 중년 남자와 고무 재질의 앞치마를 허리에 둘러맨 늙수그레한 주인이 악수하고 있고, 그 주위를 양복 입은 사람들이 둥글게 둘러싸고 있었다. "의원님"이란 말이 사람들 사이에서 흘러나왔다.

인사를 끝낸 의원 일행이 우리를 향해 돌아섰다. 그때 회색 양복을 입은 의원 옆에 검은 양복을 입은 한 남자가 눈에 들어왔다. 비서로 보이는 그 남자는 키가 크지는 않았지만 단단해 보이는 체격에 눈빛이 잘 벼린 칼날처럼 날카로웠다. 마치 조선 시대 자객 같은 눈빛이랄까.

"엄마, 사과 산다고 하지 않았어?"

내 물음에 엄마는 아무 대답도 하지 않은 채 그 자리에서 얼어붙어 있었다. 엄마의 시선을 느꼈는지 회색 양복을 입은 남자가 미소를 머금은 얼굴로 엄마를 바라봤다. 두 사람의 시선이 허공에서 엉겼다. 찰나였지만 난 똑똑히 봤다. 그는 동공이 흔들리면서 경악한 표정을 지었다. 그때 엄마가 그대로 돌아섰다.

"가자, 조이야."

엄마는 내 대답을 기다리지도 않고 가 버렸다. 나는 엄마를 허겁지겁 쫓아가다 무심코 뒤를 돌아봤다. 남자는 그 자리에 서서 멍한 눈으로 엄마를 보고 있었다. 옆에 있던 검은 양복맨이 나를 뚫어져라 보고 있었다. 엄마가 아닌 나를. 이상하다, 왜 나를 보지?

"엄마, 같이 가."

나는 뛰다시피 급히 엄마를 쫓아갔다. 그러나 엄마는 뒤도 돌아보지 않고 정신없이 계속 걸어갔다. 마침내 조용한 주택가로 들어서자 엄마는 멈춰 서서 후, 하고 긴 숨을 내뱉었다. 그리고 그제야 내가 있다는 걸 깨닫기라도 한 듯 뒤를 돌아보며 힘없이 웃었다.

"조이야, 미안. 갑자기 속이 안 좋아서."

"알았어. 그런데 아까는 왜 그랬어? 아는 사람을 본 거야?"

"아니!"

엄마가 느닷없이 소리를 질렀다. 내가 깜짝 놀라자, 내 표정을 본 엄마가 고개를 흔들더니 입술을 깨물었다.

"아니, 그런 게 아니라…… 아까 과식했는지 갑자기 속이 메슥거려서. 미안해. 요즘 이사 때문에 피곤했나 봐."

"알았어, 엄마. 어서 가서 쉬자."

"그래. 좀 쉬었다가 저녁 차려 줄게."

"저녁은 무슨. 아까 점심 먹은 거 아직도 더부룩해. 저녁은 패스!"

엄마는 하얗게 질린 얼굴로 힘없이 미소를 지어 보였다. 나는 엄마의 팔짱을 끼고 집으로 걸어갔다. 묻고 싶은 말들을 꾹꾹 누르면서.

✧

위가 약해서 평소에도 잘 체하는 엄마는, 집에 돌아오자마자 체기가 있다면서 방에 드러누웠다. 나는 엄마가 좋아하는 루이보스티를 끓여서 안방으로 들고 갔다. 그러자 침대에 누워 있던 엄마가 일어나더니 나를 꼭 끌어안았다.

"고마워, 우리 딸. 엄마가 너 없이 못 사는 거 알지?"

나는 찻잔을 침대 옆 협탁에 내려놓고 말했다.

"알지. 그러니까 나한테 잘해, 엄마. 하하하."

엄마가 다시 누워 이불을 덮는 것까지 보고, 나는 내 방으로 가서 노트북을 꺼냈다. 작년에 엄마한테 물려받은 노트북을. 나는 푸바오 스티커로 도배한 노트북을 열고 포털 사이트에서 무천시 의원을 검색했다. 시의원들이 줄줄이 뜨고 이어서 국회의원 사진이 떴다. 찾았다! 아까 시장에서 마주친 회색 양복의 남자가 보였다. 나는 그 사진 밑에 있는 프로필을 읽었다.

"김태현. 현직 의원. 한국대 영문학과 03학번. 무천 건설 부사장. 2020년 무천시 국회의원 당선."

사진 속 남자는 아까 그 남자가 확실했다. 짧게 깎은 머리. 정치인 특유의 서글서글하면서 어딘가 가식적인 미소. 쌍꺼풀 없이 큰 눈. 긴 코. 남자치고는 얇은 입술. 어디서 본 얼굴인데……. 분명 전에 어디선가 봤다. 엄마는 아까 이 남자를 보고 놀란 게 틀림없다. 그렇다면 엄마가 왜 놀란 걸까.

나는 다시 프로필을 봤다. 엄마와 연결고리가 있을 텐데. 프로필을 여섯 번째 읽었을 때 알았다. 영문과. 맞다, 엄마도 영문과를 나와서 번역가로 일한 지 오래됐는데. 엄마가 어느 대학교를 나왔더라? 그 순간 나는 깨달았다. 우리는 가족이지만 서로에게 묻거나 말하지 않고 지나가는 일이 너무 많다는 것을. 어쩌면 엄마가 말했는데 내가 까먹었는지도 모르지. 나는 언제나 엄마보다 나 자신에게 더 관심이 많으니까.

엄마가 어느 대학을 나왔지? 머리를 쥐어 싸매고 끙끙거리다 아까 별의 삼촌이 한 말을 떠올렸다. 맞다, 그분이 엄마의 신문 인터뷰를 봤다고 했지. 내가 초등학생일 때 엄마가 번역한 영화가 초대박을 쳤고, 엄마가 덩달아 유명해지면서 신문 인터뷰를 한 적이 있었다. 어쩌면 거기에 엄마 학력이 나왔을지도 몰라.

나는 다시 엄마의 인터뷰를 보려고 검색했다. 하지만 인터뷰 기사는 찾을 수 없었다. 너무 오래된 기사라서 자료가 남아 있지 않은 모양이었다. 어디서 찾아봐야 할까? 엄마가 혹시 그 기사를 스크랩해 놨을까? 나는 고개를 절레절레 흔들었다. 미니멀리스트인 엄마는 이사 다니면서 짐이 늘어나는 걸 싫어했고, 그때마다 스크랩북은 죄다 버렸다. 만약 스크랩한 게 있다 해도 파일로 저장해 두었을 것이다. 그건 엄마 노트북에 있으니 볼 수 없겠지.

나는 머리를 한없이 굴리다가 손가락을 튕겨 딱 하고 소리를 냈다. 아까 별의 삼촌이 엄마 팬이라고 했으니, 어쩌면 그 기사도 스크랩해 놨을지도 몰라. 별이에게 슬쩍 물어봐야겠다. 잠깐, 별의 연락처가 없잖아. 나는 수현에게 카톡을 보냈다. 수현과는 전학 첫날 전화번호를 교환하고 카톡 등록도 해 두었다.

> 야야.
>
> 야.

수현
잉?
왜?

> 올~
>
> 빨리 읽네.

수현
아, 덕질 중이었음.

> 혹시 울 반 ㄱㅂ 전번 이씀?

수현
김별? 왜?

> 아, 물어볼 거 있어서.

수현
걍 내일 물어봐.
혹시 걔한테 관심 있음? ㅋㅋ

> 뭐래? 암튼 부탁 좀여.

수현
ㅇㅋ

> 빨리 줭.

　잠시 뒤 수현이가 별의 번호를 보내왔다. 나는 수현에게 하트 폭
격을 날린 후 별에게 메시지를 보냈다. 별에게 카톡을 보내는 건 수
현만큼 쉽지 않았다. 마치 작문 숙제를 하는 것처럼 썼다 지우기를

무한 반복했다가 겨우 보내기 버튼을 눌렀다.

ㅎㅇㅎㅇ

별
ㄴㄱ?

조이.

별
아, 안녕.

물어볼 게 있어서.

별
근데 전번은 어케 알았어?

수현이가 알려 줌.

별
아.

혹시 너희 삼촌한테
울 엄마 기사 있는지 알 수 있을까?

별
ㄱㄷㄱㄷ 알아볼게.

손톱을 물어뜯으며 기다린 지 5분 정도 지났을까. 답장이 왔다.

별
오, 있대.

아~ 진짜 미안한데
그거 낼 하루만 빌려줄 수 있나?
삼촌한테 부탁 좀 해 청.

별
알써. 물어볼게.

진짜 잊지 않을게.
ㄱㅅㄱㅅ

별
ㅇㅋ

나는 어려운 수학 문제를 하나 푼 것처럼 조금 개운해진 마음으로 침대에 누웠다. 그리고 핸드폰에 별의 번호를 저장하고 카톡도 등록했다. 이름을 뭐라고 저장할까 고민하다가 그냥 별이라고 했다. 핸드폰을 내려놓는데 아까 수현의 말이 생각났다. 수현이 이거 판다처럼 마음도 동글동글한 줄 알았더니 건수만 생기면 이 사람 저 사람 엮고 다니는 병이 있는 거 아니야? 뭐, 내일의 걱정은 내일의 나에게 넘기자.

9

　머리가 불처럼 뜨겁고 목이 말랐다. 물을 달라고 입을 벌렸지만 소리가 나오지 않았다. 입속에 모래가 돌아다니는 것처럼 버석거리고 뭔가가 눈을 콕콕 찌르는 듯 아팠다. 나는 억지로 눈을 떴다. 부들부들 떨리는 손으로 침대를 잡고 간신히 일어나려는데 현관문 열리는 소리가 들렸다. 엄마가 나갔나? 그때 나이 지긋한 여자의 목소리가 들려왔다.

　"여기가 네 집이냐?"

　"네, 엄마."

　엄마가 엄마라고 부르다니, 그럼 할머니? 본 적도 만난 적도 없는 그 할머니라고?

　"집이라고 원, 콧구멍만 하구나. 참나, 사는 꼬락서니하곤."

　"……"

아무리 할머니라지만 너무 무례하잖아! 열이 나는 와중에도 화가 났다.

"그 애는?"

"아파서 자고 있어요. 그리고 엄마, 그 애가 아니라 조이라고요. 한조이."

"너 말 잘했다. 한씨라니. 남사스러워서 내가 어디다 말도 못 해. 거기다 조이가 뭐냐? 기쁨? 얼씨구. 기쁨이 아니라 혹이겠지. 네 인생 잡아먹은 암 덩어리 같은 것."

"엄마! 목소리 낮춰요. 조이 깨겠어요. 이럴 거면 왜 우리 집에 온 거예요?"

"내가 말했잖니? 네 사촌 선미 결혼식이 있어서 왔다고. 선미 신랑은 변호사라는데 인물도 훤하더라. 그거 보니 어찌나 열불이 나던지. 선미 고거 어렸을 때부터 얼굴이며 공부며 네 발밑에도 못 따라왔는데 그리 시집을 잘 가고. 너는 이 모양 이 꼴로 살면서 아버지 장례식에도 안 오는 독한 년이 됐고. 내가 무천에서 얼굴을 못 들고 산다, 진짜."

"엄마, 아버지 장례식에 오지 말라고 한 사람은 엄마잖아요. 나도 조이 데리고 가고 싶었어요."

"거기가 어디라고 걔를 데리고 와. 네 신세 말아먹은 것도 모자라서 그게 자기 할아버지까지 잡아먹은 아이야. 걔만 없었어도 넌 그때 공채 합격한 광고 회사 들어가서 보란 듯이 출세하고 잘 살았을 거다. 선미 신랑하고는 비교도 안 되는 멋진 남자랑 결혼해서 너희 아버지가 그렇게 바라던 손주도 낳고. 좁아터진 아파트에서 이런 거지꼴로 살진 않았을 거라고!"

"제발 엄마, 이제 그 소리 좀 그만해요. 조이는 내 목숨 같은 아이라고요. 조이가 없었으면 나도 지금 여기 없었어요."

"너 그게 지금 어미 앞에서 할 소리야? 그깟 게 뭐라고? 민우가 그렇게 황망하게 간 건 나도 마음 아프지만 장례 치르면서 마음 정리하고 저것도 지웠어야지. 호적에도 올릴 수 없는 아이를 왜 고집 부려서 낳아? 네 아버진 암으로 돌아가신 게 아니라 속이 상하다 못해 문드러져서 돌아가신 거야."

"엄마, 그만 좀 해요! 여기까지 와서 나한테 할 말이 그거밖에 없어요?"

"내가 오죽하면 이런 말을 하겠니? 쟤가 너에게 하나밖에 없는 자식이듯 너는 우리의 하나밖에 없는 자식이었어. 넌 언제나 우리의 기쁨이고 자랑이었단 말이야."

잠시 침묵이 흘렀다. 머리가 쪼개지는 두통보다, 목이 찢어질 것 같은 통증보다 더 날카롭게 내 심장을 찌르는 할머니의 저주에 나는 숨도 쉬지 못한 채 문 앞에 서 있었다.

"얘가 걔냐? 어디 얼굴이나 보자."

달각, 소리가 들렸다. 할머니가 거실 장 위에 올려 둔 사진 액자를 든 모양이었다. 작년 겨울 눈이 아주 많이 내리던 날 엄마와 아파트 공원에 나가서 눈 오리를 만들 때 같이 찍은 사진이었다.

"얘가 걔라고? 대체 누굴 닮은 거니? 너도 민우 얼굴도 안 보이는데. 설마 너."

"엄마, 그만해. 그만 좀 하라고!"

"설마, 이 아이."

유리 액자가 바닥에 떨어지면서 와장창 부서지는 소리가 났다. 나는 문을 벌컥 열어젖혔다. 엄마가 놀란 얼굴로 나를 돌아봤다. 눈사람처럼 하얀 파마머리 여자가 날 노려봤다. 그 얼굴에는 눈도 코도 입도 없었다. 그저 나를 무시무시하게 증오하는 감정만 느껴졌다.

나는 벌떡 일어나 소리를 질렀다.

"악! 악! 악!"

안방 문이 열리는 소리가 나더니 엄마가 뛰어왔다. 엄마는 침대 위에 앉아서 눈을 감은 채 소리 지르는 나를 얼른 껴안았다. 그리고 우는 내 머리를 계속 쓰다듬었다. 내가 진정할 때까지. 경주마처럼 헉헉거리던 내 호흡이 잠잠해질 때까지.

"또 악몽을 꿨구나."

"응."

"무슨 꿈을 꿨는데? 오늘도 말 안 해 줄 거야?"

"그냥 괴물에게 쫓기는 악몽이었어."

엄마에게 조용히 말하는 동안에도 내 눈에서는 눈물이 계속 흘러내렸다.

"우리 딸은 얼마나 더 크려고 그런 꿈을 꾸는 걸까?"

"엄마, 무서운 소리 좀 하지 마. 난 지금도 징그럽게 커."

"징그럽다니, 무슨 소리! 조금 더 커서 모델 하면 딱이겠어."

엄마는 내 볼에 흐르는 눈물을 손으로 닦아 주며 속삭였다.

"나 모델 비율은 아니거든."

"모델이 비율만 중요한가. 넌 예쁘잖아."

"엄마 눈에만 그렇게 보이는 거야."

"무슨 소리! 그렇지 않아. 요새는 너처럼 크고 길면서 무쌍인 눈이 대세야. 코도 요렇게 동그란 게 귀엽잖아. 도톰한 입술은 또 얼마나 예쁜데."

엄마는 내 코를 집게손가락으로 톡톡 치며 말했다. 고슴도치 엄마처럼 한없이 날 예뻐하는 엄마를 보고 웃으면서도, 내 마음은 천 갈래, 만 갈래로 찢어졌다. 아문 듯싶다가도 또다시 피가 흐르는 상처. 언제쯤 나는 아프지 않을 수 있을까. 엄마는 날 다시 꼭 안아 주고 안방으로 돌아갔다.

다음 날 아침, 거실에 나가 보니 액자가 보이지 않았다. 그때 난

열다섯이었다. 그즈음부터 나는 텀블러에 소주를 담아 몰래 마시기
시작했다.

10

눈을 뜨는 순간 퍼뜩 깨달았다.

"으악, 지각이닷!"

핸드폰을 보지 않아도 창문으로 들어오는 햇빛이 심장이 철렁할 정도로 눈부셨다. 시한폭탄을 확인하는 심정으로 머리맡에 둔 핸드폰을 들어 시간을 봤다. 7시 30분. 오 마이 갓! 나는 당황한 와중에 잽싸게 머리를 굴렸다. 여기서 학교까지 걸어서 30분. 전속력으로 뛰어가면 20분 안에 도착할 수 있을지도 모른다. 그러면 8시까지 등교니까 아슬아슬하게 지각을 피할 수 있어. 전학생 주제에 지각까지 해서 벌점 받는 참사는 무슨 일이 있어도 막아야 한다.

나는 숨이 턱에 닿게 달렸다. 이래 봬도 태권도, 합기도를 거쳐 킥복싱 도장에 다니면서 운동한 지 무려 5년 차. '이 정도 달리기는 껌이지'라고 여유만만하게 말하고 싶지만, 느닷없이 무천으로 이사

갈 거란 소식에 좌절해 도장을 그만두고 몇 달 놀았더니 허벅지가 찢어질 것 같다. 그래도 육체적 고통과 쪽팔리는 고통 중 하나를 고르라면 당연히 몸으로 때우기다.

나는 정확히 7시 59분에 교실로 골인했다. 꺄! "한조이 아직 안 죽었어!"라고 외치고 싶은 걸 꾹 참고 내 자리로 걸어갔다. 노트에 뭔가 열심히 적고 있던 별이가 의자에 앉아 헉헉거리며 숨을 고르는 나를 보더니 주머니에서 뭔가를 꺼내 쓱 내밀었다.

"뭐야?"

재킷과 바지를 입은 귀여운 테디베어 마크가 새겨진 손수건이 내 얼굴 앞에서 멈췄다.

"이게 뭐야?"

별은 의아한 표정으로 보는 나에게 말했다.

"너, 얼굴이 땀범벅이야."

"아. 요즘 운동을 좀 못 한 것 같아서 달렸는데, 그새 땀이 났나 보네."

나는 말도 안 되는 핑계를 대며 손수건을 받았다. 그나저나 남학생이 손수건을 들고 다니다니. 거기다 이 고급진 향기! 무의식중에 손수건에 코를 대려다 흠칫 멈췄다. 이건 누가 봐도 변태잖아. 당황해서 손수건으로 이마를 벅벅 문지르고 있는데, 별이 갈색 서류봉투를 꺼내서 내 책상에 올려놨다.

"어제 그거. 잃어버리면 안 된다고 삼촌이 신신당부했어."

"고마워! 이 빚은 꼭 갚을게."

"잊지 마. 나 의외로 집요하거든."

별이 짐짓 정색하며 말했다.

"알겠어, 집요한 씨."

별에게 이런 면도 있구나 싶어 슬그머니 웃음이 나왔다. 어떤 식으로 집요해질지 기대되는데?

앞에 앉은 수현이 뒤돌아보며 물었다.

"뭐야? 둘이 뭐가 이렇게 꽁냥꽁냥이야?"

수현은 궁금해 죽겠다는 표정으로 나와 별을 번갈아 바라봤다.

"꽁냥꽁냥은 무슨."

나는 부러 큰 소리로 대꾸하며 수현의 시선을 피했다. 수현은 의미심장한 표정으로 나를 보며 말했다.

"요거, 요거, 수상한데."

그때 찌르는 듯한 시선이 느껴져 고개를 돌려보니 옆 분단 마지막 줄에 앉아 있던 건우가 날 보고 있었다. 아니, 별을 보고 있던 걸까? 이거 무지하게 헷갈리네. 건우는 재빨리 고개를 돌렸다. 내가 착각한 거겠지, 건우가 왜 나를 보겠어? 인상이 표독스럽긴 해도 인형같이 예쁜 여친이 있는데.

✧

4교시는 영어 시간이다. 영어 선생님은 몇 가닥 안 남은 머리카락을 정성스럽게 빗어 넘긴 50대 아저씨였다. 아직 주문한 교과서가 다 오지 않아서 영어 시간엔 별이랑 같이 교과서를 봐야 했다. 보고만 있어도 심장이 오두방정을 떨게 만드는 별과 고개를 맞대고 교과서를 보다니. 이보다 더 로맨틱할 수 없는 상황이 있을까 싶었지만, 현실은 이상과 달랐다.

꼬르륵. 일어나자마자 미친 듯이 뛰어오는 바람에 빈속인 나는 3교시부터 극심한 허기에 시달리고 있었다. 나는 교과서 한쪽을 살짝 잡으면서도 한껏 긴장해 있었다. 혹시라도 꼬르륵 소리가 날까 봐. 그때 영어 선생님의 목소리가 들렸다.

"오늘이 며칠이지? 15일인가?"

아이들의 대답이 이어졌다.

"네."

"그럼 15번이 오늘 배울 단락 읽어 봐. 'Respect yourself'란 문장부터. 15번이 누구지?"

선생님의 질문에 별이 손을 들었다.

"그래, 네가 15번이구나. 이름이?"

"김별입니다."

"읽어 봐."

"⋯⋯The future has great things in store for you. Your path to greatness may not seem clear at the moment, but you can and will accomplish great things. For the time being, what really matters is how you feel about yourself. Value yourself, whoever you are and whatever you do."

낭랑한 별의 목소리로 영어 문장을 듣고 있노라니 아름다운 노래를 듣고 있는 것 같았다. 처음 별을 봤을 때 어쩐지 LA나 뉴욕에 어울릴 그림체라고 생각했는데, 별의 영어 역시 미국 거리에서 들리는 것처럼 지극히 자연스러웠다. 감탄한 나머지 배에서 꼬르륵 소리가 날까 봐 긴장하던 것도 잊어버렸다.

별의 낭독이 끝나자, 영어 선생님이 놀란 표정으로 고개를 들며 물었다.

"발음 좋은데. 별이라고 했지?"

"네."

별은 담담한 표정으로 대답했다.

"올해는 이미 끝났으니 할 수 없고, 내년에 영어 말하기 대회 한 번 나가 보자. 너 정도면 최우수상도 노릴 수 있겠다."

한없이 무뚝뚝해 보이던 영어 선생님의 얼굴에 옅은 미소가 떠올랐다.

"모두 박수! 잘했어."

아이들의 박수 소리 속에서 작지만 경박하기 그지없는 목소리가 들렸다.

"역시 흑형이라 달라. 그러게, 영어도 되는데 외국에서 살 것이지. 쩌어기 아프리카라고 좋은 데 있잖아. 왜 한국에서 저렇게 깝치고 지랄일까."

박수 소리 가운데서도 너무나 선명하게 들리는 악의 가득한 말. 나는 소리의 진원지를 찾아 주위를 둘러봤다. 건우 앞에 앉은 진오의 히죽거리는 표정이 눈에 들어왔다. 진오 옆에 앉은 유리도 키들키들 웃고 있었다. 아오, 저것들이 진짜! 그러다 별을 쳐다봤다. 내 귀에 들린 말을 별이라고 못 들었을 리 없는데.

별은 눈을 내리깐 채 무표정한 얼굴로 그 악의 어린 말과 아이들의 박수 소리를 견디고 있었다. 내 눈엔 그렇게 보였다. 저 아이는 이 순간을 견디는 중이구나. 어금니를 꽉 깨문 나머지 별의 턱 근육이 실룩였다. 지금 내가 별에게 해 줄 수 있는 건 모르는 척하는 것뿐이다. 나는 책상 밑에 있는 오른손에 아드득 힘을 주었다.

2부

진실의 열쇠를 찾아서

드르륵. 잘 열리지 않는 미닫이문을 두 손으로 힘껏 밀자, 검은 피아노와 연단, 칠판이 보였다. 그 앞에 있는 의자들도. 내 예상대로 음악실은 비어 있었다.

나는 안도의 한숨을 쉬며 음악실로 들어갔다. 그리고 피아노 앞 의자에 앉아 봉투에 든 기사를 꺼냈다. 몇 년이 지난 기사였지만 보관이 잘돼서 상태가 좋았다. 기자의 질문과 엄마의 대답이 이어지는 인터뷰 마지막 부분에 엄마의 간단한 프로필이 나왔다. 거기에 출신 학교가 적혀 있었다.

한국대학교 영문학과 03학번

그래, 바로 이거야! 엄마와 그 아저씨는 같은 과 동기였네. 원래 아는 사이였던 거지. 근데 엄마는 왜 그런 표정을 지었을까? 적어도 동기라면 반가워하거나 인사 정도는 할 수 있었을 텐데. 엄마는 왜 그렇게 도망치듯 가 버린 거지?

생각해 보니 그동안 엄마는 언제나 집에서 컴퓨터로 일을 했고, 만나는 사람도 대체로 일하면서 알게 된 사람들이나 지인이 전부였다. 엄마에게서 고향 친구나 동창이나 선후배를 만난다는 이야기는 한 번도 들어 본 적이 없었다. 그래서 엄마도 나처럼 사람을 사귀는 데 서툴다고, 이렇게만 생각하고 넘어갔는데. 어쩌면 엄마에게는 내 생각보다 훨씬 더 복잡한 사정이 있는지도 모르겠다.

"뭐 하고 있어?"

느닷없이 들려온 목소리에 기겁했다.

"으악! 뭐야?"

고개를 들어 보니, 내가 놀라는 바람에 저도 놀라 토끼처럼 눈이 동그래진 수현이 나를 내려다보고 있었다.

"언제 왔어?"

나는 음악실 문을 보며 물었다. 아까 힘들게 미닫이문을 여느라 미처 닫을 생각을 하지 못했다. 이 몹쓸 건망증.

"방금 왔어. 너 불렀는데, 영혼이 완전 저세상에 가 있던데."

수현의 시선이 인터뷰 기사로 쏠렸다.

"누구야? 아는 사람? 오, 예쁘시다."

"아…… 우리 엄마."

"엄마라고?"

수현은 기사에 실린 사진과 나를 번갈아 보더니 웃음을 터트렸다.

"넌 엄마랑 하나도 안 닮았구나. 그나저나 너희 엄마 엄청 젊으시다."

"우리 엄마가 좀 동안이긴 하지."

나는 대충 얼버무렸다. 대학교 졸업하던 해에 날 낳았으니 젊은 엄마인 셈이지.

"그런데 신문에까지 나오시다니. 뭐야, 영화 번역가라고? 완전 멋있어!"

수현이 호들갑을 떨기에, 나는 허겁지겁 신문을 접어서 서류봉투에 넣었다.

"야, 나도 좀 보자. 내가 보면 안 되는 거야?"

수현이 좀 삐진 표정으로 말했다.

"아, 영화가 개봉된 후에 악플에 시달린 적이 있어서. 엄마는 남들에게 자기 직업이 밝혀지는 거 싫어하셔. 네가 이해해 줘."

이 말은 사실이다. 다만 절반의 사실이라고나 할까. 한정연, 한조이. 엄마와 나는 성이 같다. 학년 초에 담임 쌤과 개인 상담하는 시즌이 돌아올 때마다 언제나 날 곤혹스럽게 만들었던 우리의 성.

내 생기부를 본 담임들이 나를 보는 시선은 다양했다. 널 차별하지 않고 다른 아이들과 똑같이 대하겠다는 강한 결의가 섞인 눈빛. 혹은 '저 아이에겐 무슨 사연이 있을까' 대놓고 궁금해 하는 호기심. 혹은 무턱대고 나와 엄마가 가난하고 불쌍할 거라고 짐작하는 성급한 일반화.

2년 전 어렵게 마음을 터놓을 만큼 의지했던 지아가 떠올랐다. 그때 나는 열다섯 인생 최초로 친구라고 불러도 될 사람이 생긴 것 같아서 매일 학교 가는 게 즐거웠다. 그러던 어느 날 학교에 좀 일찍 갔다가 교실에서 다른 아이들과 지아가 수다 떨고 있는 걸 우연히 듣게 됐다. 요즘 조이와 자주 어울리는 것 같다는 아이들의 말에 지아가 깔깔대며 말했다.

"야, 불쌍해서 그렇지. 아빠도 없는 미혼모의 딸이라고 고백하는 얼굴이 어찌나 비장하던지. 그래서 이 언니가 넓은 마음으로 좀 놀아 줬더니, 진짜 친구인 줄 알고 얼마나 엉기는지 귀찮아 죽겠다니까."

그 순간 나는 교실 문을 박살 내고 싶었다. 그러나 꾹 참고 심호흡을 한 후에 교실로 들어가 아무렇지 않은 얼굴로 지아를 대했다. 그 후로도 평소처럼 학교를 다녔지만, 그날 내 마음의 뭔가가 와장창 깨지고 말았다. 그때 알았다. 인간이란 비밀을 지킬 수 있는 종이 아니란 걸. 그 후론 남자든 여자든 누가 다가와도 항상 자로 잰 듯 일정한 거리를 뒀다. 그게 안전했다.

수현은 내 말에 금방 수긍했다.

"하긴, 요즘 악플이 사람을 골로 보내는 수준이긴 하지."

"넌 여기 왜 왔어?"

나는 조용히 안도의 한숨을 쉬며 물었다.

"오디션 준비하려고. 피아노가 있어서 연습하기 좋거든."

"그렇구나! 어떤 노래 부를 거야?"

내가 물었다.

"오늘은 에일리 노래를 부를까 싶어."

"에일리라니! 가창력 오지잖아. 와, 이수현 다시 봤다!"

나는 진심으로 감탄했다.

"데헷. 아직 들어보지도 않았으면서."

"연습하는 거 구경해도 돼?"

수현은 잠시 망설이다가 고개를 끄덕였다. 그러곤 피아노 앞에 앉아 심호흡하더니 건반을 치며 노래를 하기 시작했다.

"널 품기 전 알지 못했다…… 언젠가…… 첫눈처럼…… 너에게 내가 가겠다."

수현이 청아한 목소리로 부르는 '첫눈처럼 너에게 내가 가겠다'는 말이 귀가 아닌 내 가슴으로 곧바로 치고 들어와 나를 휘감아 버렸다. 어쩐지 눈물이 날 것 같았다. 노래가 끝났을 때 나는 입속에 손가락 두 개를 넣고 삐익 휘파람을 불면서 손바닥에 불이 나게 손

뺙을 쳤다. 수현은 나의 열렬한 반응이 싫지 않은 듯 얼굴이 빨개지며 기뻐했다.

"와, 나 울 뻔했어. 감동이야."

"정말?!!!"

수현이 정말 기뻐했다. 그 솔직한 표정에 내 마음이 살짝 흔들렸다.

12

무천시로 전학 온 후 시간은 날개 달린 듯 빠르게 흘러갔다. 이
제는 매점이 어디 있는지, 도서실이 어디 있는지, 속이 터질 것처럼
답답할 때는 어디로 가야 하는지도 안다. 수현과 나의 비밀 아지트
인 옥상은 평소에는 잠겨 있지만 학교 급식실에서 일하시는 수현
엄마 덕분에 가끔 올라가 시시한 수다를 떨기에 딱 좋았다. 그렇게
그럭저럭 즐거운 나날이 이어졌다. 내 마음속에 자리 잡은 거대한
물음표 하나면 빼면.

"조이야, 체육복 가져왔어?"

"응. 오늘 5교시 체육이잖아."

"난 체육 수업 있는 거 깜박하고 어제 빨래하려고 집에 가져간
거 있지."

수현은 울상을 짓더니 벌떡 일어났다.

"어쩌려고?"

내가 물었다.

"옆 반에 가서 빌리려고."

"그럼 나 먼저 갈아입고 있을게."

체육복으로 갈아입었을 때 수현이 간신히 빌린 체육복을 들고 헐레벌떡 뛰어왔다. 이놈의 체육복 패션은 어딜 가나 우중충하구나. 무엇보다 치수에 맞게 주문한다고 했는데도 검은 바탕에 가장자리에 노란 세로 줄무늬가 그어진 체육복 바지가 발목 위로 깡똥하게 올라와 우울했다. 나는 체육복 바지를 애써 끌어 내리며 수현과 같이 운동장으로 나갔다.

체육 선생님은 30대 초반의 얼굴이 서글서글하게 생긴 남자였다. 수현이는 체육 선생님을 좋아하는 여자아이들이 꽤 있다고 했다. 나는 그럴 만하다고 고개를 끄덕였다. 뭐, 내 스타일은 아니지만. 그런 생각을 하며 운동장을 둘러보는데, 저만치서 체육복을 입은 별이 걸어오고 있었다. 캬, 걸음 봐라. 순식간에 운동장을 런웨이로 바꿔 버리는 저 워킹.

"너 진짜 별이 좋아하는구나?"

수현의 목소리에 나는 화들짝 놀랐다.

"뭐라고?"

"방금 그랬잖아. 캬, 걸음 봐라. 순식간에 운동장을 런웨이로 바꿔버리는 저 워킹."

수현은 음흉한 미소를 지으며 낄낄 웃었다. 머리가 하얘졌지만 그 와중에 내 입에서는 이런 말이 불쑥 튀어나왔다.

"그런 너도 좋아하는 사람 있잖아?"

"내가?"

수현의 눈이 더 이상 동그래질 수 없을 정도로 똥그래졌다.

"너 건우 좋아하지? 건우 볼 때마다 눈에서 꿀이 뚝뚝 떨어지더라. 눈빛만 봐도 당뇨병 걸리겠던데."

내가 정색하고 말하자, 수현이 고개를 세차게 흔들며 부인하려다 웃음을 터트렸다.

"얘들아, 다 모였니? 오늘은 피구다!"

체육 선생님이 호루라기를 불며 말했다.

"짝수 번호는 짝수끼리, 홀수 번호는 홀수끼리 같은 팀이다. 번호대로 모여. 짝수는 레드, 홀수는 블루다."

나는 별과 같은 레드 팀이 되길 바랐는데, 소원이 이루어졌다! 아쉽게도 수현은 블루 팀이지만 건우와 한 팀이라서 기쁜 표정이었다. 진오도 블루였다. 그 재수 없는 낯짝을 보자 갑자기 호승심이 불타오르기 시작했다. 이럴 줄 알았으면 어제 팔굽혀펴기라도 하고 올걸! 유리도 수현과 같은 블루 팀이었다.

삐! 선생님의 호루라기 소리에 경기가 시작됐다. 운동으로 단련

된 나는 다람쥐처럼(키가 살짝 큰 다람쥐라고 치자) 날쌔게 공을 피해 다녔다. 별 역시 우아하면서도 민첩하게 움직였다. 아무리 피하려고 용을 써도 허무하게 맞아 버린 아이들은 오만상을 찡그리거나 허탈한 미소를 지으며 터벅터벅 코트에서 걸어 나왔다.

경기가 무르익어 갈 무렵 유리가 나를 노리고 거칠게 공을 던졌다. 쟤는 내가 뭘 했다고 왜 미워하고 난리야? 나는 그 공을 가볍게 받았다. 우리 팀 아이들이 운동장이 떠나가라 환성을 질렀다. 나는 경기 시작부터 노리고 있던 사냥감을 겨냥해 있는 힘껏 던졌다.

텅! 으악! 내가 던진 공은 10년 묵은 체증이 쑥 내려가는 경쾌한 소리를 내며 진오의 이마를 힘껏 때렸다. 진오가 공을 맞는 순간 속으로 쾌재를 부르며 별을 힐끗 바라봤다. 별도 활짝 웃고 있었다. 진오는 나를 씹어먹을 것 같은 사나운 눈빛으로 노려보다가 코트를 나갔다.

다시 공이 블루 팀으로 넘어가 이번에는 건우가 공을 잡았다. 건우는 그 자리에 서서 공을 들고 우리 팀에 남아 있는 아이들을 바라봤다. 그러다 누군가와 마주치자 갑자기 눈빛이 무시무시하게 차가워졌다. 건우가 보는 쪽으로 나도 고개를 돌렸다. 그 순간 건우가 큼지막한 손으로 공을 던졌는데, 그 공이…… 별을 향한 것 같았다. 나는 그쪽으로 몸을 날렸다. 탕! 공이 쇄골에 맞는 바람에 숨이 안 쉬어졌다. 나는 그대로 운동장에 털썩 주저앉았다. 순간 장내가 조용해졌고, 누군가 뛰어와서 내 어깨를 잡고 등을 토닥거렸다.

"괜찮아? 천천히 숨 쉬어 봐. 천천히."

고개를 들어 보니 별이 한 손으로 내 어깨를 잡고 걱정스럽게 보고 있었다. 체육 선생님이 달려와서 나를 천천히 일으켜 세웠다.

"조이야, 괜찮니? 양호실 갈래?"

나는 가까스로 일어서서 어깨를 펴고 숨을 천천히 쉬어 봤다.

"괜찮아요. 양호실까진 안 가도 될 것 같아요."

"그러면 저쪽 스탠드 앞에 앉아서 쉬고 있어."

선생님은 얼굴을 살피며 내 상태가 괜찮다고 판단했는지 그렇게 말했다. 그리고 옆에 서 있는 별에게 말했다.

"혹시 모르니까 네가 조이 옆에 있어 줘라."

내가 괜찮다고 했으나, 별은 나를 부축해서 스탠드까지 같이 걸었다. 문득 뒤를 돌아보니 건우가 하얗게 질린 얼굴로 나를 보고 있었다. 나는 다시 별을 보며 말했다.

"이걸로 갚았다."

별이 무슨 뚱딴지같은 소리냐는 듯한 표정으로 나를 봤다. 나는 웃으며 대답했다.

"그때 진 빚 말이야."

"야, 한조이. 너 미쳤어?"

별이 정색하고 말했다.

"아니, 난 일부러 그런 게."

"네가 흑기사냐? 그러다 다치면 어쩔 뻔했냐고?!"

별은 아직도 놀란 기색이 가시지 않은 얼굴로 버럭 화를 냈다. 오, 별의 이런 박력 있는 모습은 낯설다. 지금 나 걱정해 주는 거 맞지? 또다시 가슴이 두근거리는 와중에 건우와 별의 사이가 궁금해졌다. 건우는 왜 의도적으로 별을 향해 공을 던진 걸까.

13

나는 초록색 대문 앞에서 한없이 서성였다. 별이 독감으로 결석한 지 며칠이 지났다. 아무리 내 짝이고 이웃이라지만 이렇게 찾아오는 건 짝사랑을 인증하는 셈이잖아. 하지만 별이가 걱정됐다. 아니, 사실은 보고 싶었다. 마침내 초인종으로 오른손을 뻗은 순간, 대문이 덜컥 열리면서 안에서 나오던 사람과 부딪쳤다.

"아야!"

"으앗!"

우리는 동시에 소리를 지르다 서로 마주 봤다. 투명한 비닐로 포장한 하얀 국화 한 송이를 든 나와, 검은 정장에 흰 와이셔츠를 받쳐 입고 파란색 넥타이를 단정하게 맨 남자의 눈이 마주쳤다. 음? 어디서 본 얼굴인데? 어디서 봤더라? 먼저 입을 연 건 남자였다.

"넌 누구니? 우리 집 앞에서 뭐 하는 거야?"

심문하는 듯한 까칠한 말투가 거슬렸지만, 남의 집 앞에서 수상하게 알짱거린 건 사실이라서 나는 고개를 꾸벅 숙이며 순진한 여학생 모드로 대답했다.

"안녕하세요. 전 한조이라고 하고, 앞집에 살아요. 별이랑 같은 반인데 별이가 독감에 걸렸다고 해서 보러 왔어요. 노트 필기한 것도 가져왔고……."

그 말에 남자의 표정이 누그러졌다. 별에게 문병 왔다고 해서 그런 걸까? 별이란 말이 마법 같은 힘을 발휘했는지 냉랭하던 분위기가 갑자기 따스해졌다. 남자의 정체는 알 수 없지만 별을 아끼는 마음은 피부로 느껴졌다.

"그랬구나. 별이는 거의 다 나아서 내일은 학교에 갈 수 있을 거야. 들어가 봐."

그는 내가 들어갈 수 있게 비켜섰다. 나는 다시 고개를 꾸벅 숙였다. 그리고 안으로 들어가려는데, 등 뒤에서 질문이 날아왔다.

"이름이 조이라고?"

나는 돌아서서 그를 보며 대답했다.

"네, 한조이예요."

그러자 그가 고개를 끄덕이더니 돌아서고는 혼잣말을 했다.

"이상하게 닮았단 말이야."

닮았다고? 누구랑 닮았다는 걸까? 우리 엄마? 뭐, 지금은 그게 중요한 게 아니지. 별의 집은 대문부터 현관까지 한 줄로 놓인 댓돌 양쪽으로 꽃밭이 펼쳐져 있었다. 나는 댓돌 길을 따라가 현관문을 두드렸다. 곧이어 흰 추리닝 바지에 흰색 라운드 티를 입은 별이 문을 열었다가 나를 보자 깜짝 놀랐다.

"한조이? 어쩐 일이야?"

"너 많이 아프다고 해서 문병 왔지."

나는 어색함을 이기려고 일부러 밝은 목소리로 대답하고는 들고 온 국화 한 송이를 그의 품에 떠넘겼다.

"이건 선물."

"국화? 이거 장례식에 쓰는 꽃 아닌가? 나를 아예 저세상으로 보내 버리려고?"

내가 와서 기뻤는지 별의 눈에 웃음이 가득했다. 그걸 보자 분위기 파악 못 하는 내 심장이 또 뛰기 시작했다.

"진짜? 몰랐어. 난 그저 가을이라 국화가 예쁘고 싸서 골랐는데. 내가 용돈이 적기도 하고."

나의 목소리는 한없이 작아졌다. 별이 웃으며 말했다.

"들어와."

나는 집 안을 살피며 물었다.

"집에 너 혼자 있어?"

"응. 승헌 삼촌은 레스토랑에 일하러 갔고. 훈이 삼촌은 방금 나갔고. 참, 훈이 삼촌이 문 열어준 거야?"

"훈이 삼촌이 누구야? 그 사람도 친척이야?"

"아니, 진짜 삼촌은 아니고. 승헌 삼촌의 소울메이트."

소울메이트? 혹시 남자와 남자의 사랑? 그러니까 동성……. 나는 멋대로 튀어나오려는 말을 가까스로 삼켰다. 여기서 놀라면 실례일 것 같았다.

"내 방으로 가자."

별은 자기 방으로 안내한 뒤 내게 책상 의자를 꺼내주고는 밖으로 나갔다. 나는 방을 둘러봤다. 별의 방이 내 방보다 컸다. 한쪽 벽에는 침대가 붙어 있고, 그 맞은편에 튼튼하고 고급스러워 보이는 옷장이 있었다. 옷장 옆에는 책상이 있고, 반대편에는 책장이 있는데 책이 꽤 많았다. 언뜻 보니 주로 소설과 미술, 음악 같은 예술 관련 책들이었다.

벽에는 평범한 남자아이처럼 좋아하는 밴드나 영화, 게임 포스터가 아니라 의외의 액자가 걸려 있었다. 한국보다 해외에서 먼저 인정받고 유명해진 패션모델 써니의 흑백 상반신 사진이었다. 서구 모델과 견주어도 손색없는 길쭉길쭉한 팔다리에 카리스마 넘치는 표정과 특유의 도도한 분위기로 무대를 장악하는 써니. 그 옆에는 포스터를 똑같이 연필로 스케치한 그림이 액자에 걸려 있었다. 그림 솜씨가 대단한데?

책상 위에 있는 스케치북이 눈에 띄었다. 그걸 보자 손이 근질근질해졌다. 허락도 없이 보는 건 사생활 침해겠지만 궁금해서 참을 수가 없었다. 나는 얼른 스케치북을 넘겼다. 첫 장에는 벽에 걸린 스케치의 다른 버전이 있었다. 어지간히 써니를 좋아하나 보네.

페이지를 넘길 때마다 거기에는 다른 사람의 모습이 그려져 있고, 그 밑에 마치 캐릭터 묘사 같은 문장도 한 줄씩 적혀 있었다. 한 장씩 넘기다 어느 순간 나도 모르게 손이 멈췄다. 잠시 숨이 잘 쉬어지지 않았다. 내 눈에 보이는 게 그 애일까. 하지만 그 그림 밑에는 아무 말도 적혀 있지 않았다. 그때 걸음 소리가 들렸다. 나는 후다닥 스케치북을 덮어 버렸다.

문이 열리자 오렌지주스 한 잔과 예술적으로 깎은 사과, 배, 키위를 잔뜩 쌓아놓은 쟁반을 들고 별이 들어왔다. 별이는 책상에 쟁반을 놓으며 말했다.

"갑자기 와서 줄 게 이것밖에 없네."

"야, 나보고 장례식 운운하더니 너도 만만치 않다. 이거 뭐 제사상에 제기 올리는 것도 아니고, 과일로 탑을 쌓았네."

내 말에 별이 픽 웃었다.

"너 먹는 거 좋아하잖아."

이건 또 무슨 가슴에 비수를 박는 소리란 말인가.

"야, 너 내가 먹는 거 봤어?"

내가 볼멘소리로 대꾸했다.

"급식실에서 반찬이랑 밥이랑 산처럼 쌓아 놓고 먹던데."

그 말에 발끈해서 한마디 하려는 순간 별이 덧붙였다.

"난 여자아이들이 음식 앞에 두고 깨작거리는 거 싫어. 너처럼 예쁘게 먹는 게 좋아."

뭐야, 지금 이거 나를 먹이는 말인가? 하지만 환하게 미소 짓고 있는 별을 보니 갑자기 좀 부끄러워졌다. 잠시 침묵이 흘렀다. 나는 그 침묵이 버거워 필사적으로 할 말을 찾았다.

"너 근데 취향이 되게 올드하다?"

"올드?"

별은 의아한 표정으로 나를 바라봤다.

"벽에 걸린 저 사진 써니지? 연상 취향일 줄은 몰랐어. 써니가 멋진 건 인정하지만."

그러곤 입만 열면 헛소리가 나오는 것 같아서 아예 입을 틀어막자는 심정으로 오렌지주스를 홀짝였다. 별은 뭔가 망설이는 듯하다가 대답했다.

"써니는…… 우리 엄마야."

"뭐라고?!"

나는 오렌지주스를 뿜었다.

"으악."

별이가 얼른 일어나 책상에 있는 갑 티슈에서 티슈를 뽑아 내밀었다. 흰 교복 셔츠에 튄 노란색 오렌지주스를 박박 문질러 닦고 있자니 울고 싶었다. 한조이 너 사고 치려고 여기 왔냐.

"놀라게 해서 미안."

별의 따뜻한 목소리에 간신히 고개를 들었다.

"아니, 나야말로 미안. 멋대로 오해나 하고."

"뭐, 그렇게 오해할 만했지."

사람에겐 저마다의 사정이 있는 법이라고 했던 엄마의 목소리가 귀에 들리는 것 같았다. 이럴 때는 닥치는 게 최선이다. 나는 잠자코 포크로 사과를 찍어서 한 입 베어 물었다. 그러나 이번엔 너무 긴장한 나머지 제대로 씹지도 않고 넘긴 사과 조각이 목에 걸려 버렸다.

"컥컥."

숨이 막혀 얼굴이 붉어지면서 눈물까지 고이려 했다. 아, 여기서 목 막혀 죽으면 창피해서 눈도 못 감고 죽을 것 같아! 하필 짝사랑하는 아이 앞에서 이런 일이! 별이가 놀란 듯 얼른 일어나서 내 등을 탁탁 치며 말했다.

"아이고, 좀 천천히 씹어 먹어."

마치 엄마가 할 것 같은 그 말에 나는 그만 빵 터지고 말았다. 덕분에 우리 주위를 떠돌던 어색함이 순식간에 사라졌다.

"난 그만 갈게. 쉬어."

기회를 잡아 슬그머니 집에 가려다 순간 멈추고 물어봤다.

"아까 그 삼촌 있잖아. 그 소울⋯⋯."

"아, 훈이 삼촌?"

별이 대답했다.

"그분은 하시는 일이 뭐야?"

"국회의원 보좌관인데."

그 순간 깨달았다. 시장에서 엄마가 보고 놀란 그 의원 옆에 비서처럼 서 있던 그 남자가 바로 훈이 삼촌이었다는 것을. 그때 훈이 삼촌은 엄마가 아니라 나를 뚫어져라 봤고, 오늘은 날 보며 희한한 말도 했다. 이상하게 닮았다고. 뭔가 묘하게 찜찜했다.

14

집에 오니 엄마가 한껏 들떠 있었다. 엄마는 평소에 안 부르던 콧노래까지 부르며 외출 준비를 하고 있다가 나를 보고 반색했다.

"조이 왔구나. 엄마 마감했다!"

"축하해, 엄마."

"뭐야, 그 영혼 없는 반응은?"

"아, 좀 피곤해서."

"그래? 마감 기념으로 너랑 같이 시내 가서 영화 보고 맛있는 거 먹으려고 했는데. 오늘은 금요일이니까 너도 부담 없잖아."

환하게 웃는 엄마를 보니 조금 미안했지만, 나는 정말 마음이 복잡했다.

"다음에 같이 갈게."

"그래? 저녁은 어쩌지? 나가서 먹으려고 밥 안 했는데."

엄마는 난처한 표정으로 말했다.

"괜찮아. 내가 알아서 챙겨 먹을게."

"그래, 뭐 먹고 싶으면 문자해. 사다 줄게."

"응."

"그럼 난 나간다."

엄마는 즐거운 얼굴로 나갔다. 프리랜서로 일하는 엄마가 가장 행복해 하는 순간은 작업 의뢰 들어올 때, 입금될 때, 그리고 마감하고 나와 같이 맛있는 거 먹을 때. 이런 날은 엄마와 맛난 거 먹는 게 효도겠지만, 별이 앞에서 괜찮은 척 애쓰느라 오늘치 에너지는 이미 바닥났다.

대문 닫히는 소리를 들으며 나는 침대에 털썩 누워 눈을 감았다. 별의 스케치북 속 그림이 떠올랐다. 맨 뒷장에 그려진 여학생의 얼굴. 실물과 너무 흡사해서 누군지 바로 알아볼 수 있었다. 그것은 유리의 얼굴이었다.

✧

아침 식탁에 채소와 다진 돼지고기를 듬뿍 넣어서 볶고 그 위에 달걀을 예쁘게 부쳐서 올린 엄마표 오므라이스가 올라왔다. 하지만 영 입맛이 없었다. 평소처럼 맛있다며 내가 탄성을 지를 줄 알았던 엄마는 내 눈치를 보며 물었다.

"왜? 맛이 없어?"

"입맛이 없어서. 이따 먹어도 돼?"

"어디 아파?"

엄마는 내 얼굴을 찬찬히 뜯어 봤다. 이러다 또 뭘 물어볼지 몰라서 수저를 놓고 일어섰다.

"어디 가?"

"답답해서 동네 한 바퀴 뛰고 올게."

"그래? 그래라, 기분이 꿀꿀할 땐 운동이 최고지."

엄마는 내가 공부한다고 할 때보다 운동한다고 할 때 더 반기는 이상한 면이 있다. 나는 운동화를 신고 대문을 열었다. 평소처럼 대문이 잘 닫히지 않아 짜증을 내던 차에 갈색 털 뭉치가 순식간에 내 옆을 지나갔다. 저게 뭐지? 고개를 길게 빼고 보려는데, 그 순간 저쪽에서 누군가 소리를 질렀다.

"순이야! 순이야! 거기 서! 순이야!"

건우가 정신없이 뛰어갔다. 나도 무의식중에 건우를 따라 달렸다. 골목을 나오자 언젠가 옥상에서 빨래를 널다가 봤던 갈색 시바견이 저만치 앞에서 신나게 달려가는 모습이 보였다. 그 뒤를 따라 건우가 "멈춰!" 하고 외치면서 달렸다. 어느새 나는 건우와 나란히 속도를 맞춰 뛰고 있었다. 건우는 나를 힐끗 보고 놀란 눈치였지만 다시 앞을 보고 소리를 질렀다.

"순이야! 멈춰!"

순이는 행복해 죽겠다는 표정으로 신나게 달리고 있었다. 지나가는 사람들이 달려가는 순이와 쫓아가는 우리를 보며 킥킥 웃었다. 어떤 아저씨는 순이에게 소리치기도 했다.

"이놈아, 어서 주인에게 가!"

그러나 순이는 그럴 마음이 없어 보였다. 행복하게 뛰어가던 순이가 놀이터 쪽으로 방향을 틀었다. 건우와 나도 놀이터로 달려갔다.

순이가 먼저 놀이터로 들어가고, 그 뒤를 건우가 쫓아가고, 나는 잠시 생각한 후에 놀이터 입구이자 출구를 막았다. 놀이터는 삼면이 울타리로 둘러쳐져 있고, 길가에 입구 겸 출구가 있었다. 순이는 건우에게 잡힐 듯하면서도 이리저리 피해 다녔다. 그러다 출구에 서 있는 나를 향해 달려왔다. 나는 두 팔을 힘껏 벌리고 외쳤다.

"순이야, 간식!"

날 피해 빠져나가려던 순이가 멈칫했다. 그 순간 나는 순이의 목덜미를 꽉 잡고 놀이터 바닥을 뒹굴었다. 체포된 순이는 탈주를 포기하고 나의 얼굴을 핥았다. 건우가 달려와서는 주머니에서 목줄을 꺼내 순이에게 채우고 이어서 리드 줄을 달았다. 나는 일어나서 순이의 등을 쓰다듬었다. 가까이서 보니 옥상에서 볼 때보다 몸집이 훨씬 더 컸고, 털에서 자르르 윤기가 흘러내렸다.

"아이고, 귀여워라. 네가 순이야? 으아, 귀여워."

나는 깔깔 웃으며 순이의 갈색 털을 쓰다듬었다. 줄을 잡고 선 건우는 조금 수줍은 표정으로 내 등을 가리켰다.

"옷 좀 털어야겠다. 먼지투성이야."

"그래?"

나는 손으로 등과 엉덩이에 붙은 먼지를 툭툭 털었다.

"고맙다, 한조이."

그 소리에 고개를 들어 건우의 얼굴을 봤다. 강아지를 잡아서 안도했는지 건우는 활짝 미소 짓고 있었다. 어라, 그렇게 웃으니 꽤 잘생긴 얼굴이군. 유리와 수현이 난리 칠 만하구나. 물론 별과는 비교할 수 없지만.

"이름이 순이야? 그렇게 순한 강아지는 아닌 것 같은데?"

내가 말하자, 건우는 순이를 쓰다듬으며 답했다.

"시바는 원래 순한 품종이 아니야. 순이도 한 성깔 해서 할아버지가 제발 좀 순해지라고 이름을 지으신 거지."

"아하, 그런 사연이 있었구나."

"그나저나 '간식'이라고 외치다니, 너 센스가 제법이다?"

건우가 조금 놀랐다는 표정으로 나를 바라봤다.

"아, 오래전에 시추를 키웠었어. 한 3년 키웠는데 무지개다리를 건넜지. 다른 말은 몰라도 간식하고 밥하고 산책은 알아듣더라고."

"맞아. 우리 순이도 그래."

건우는 고개를 끄덕였다.

"순이는 몇 살이야?"

"세 살."

"그래?"

나는 순이의 머리를 쓰다듬으며 말했다.

"순이야, 넌 오래오래 건강하게 살아. 오빠 말 잘 듣고."

"오빠 아니고 형인데."

"엥? 순이라며?"

"순이가 여자 이름이라고 생각하는 것도 편견 아니야?"

"뭐?"

의외의 반전에 내가 웃자, 건우도 따라 웃었다. 우리는 순이를 데리고 놀이터를 나왔다.

"어디 가?"

건우는 추리닝 바람인 내 차림새를 보며 물었다.

"답답해서 좀 달리려고 나왔는데, 순이 덕분에 실컷 달렸네. 배고파서 다시 집에 가서 아침 먹어야겠다."

"그랬구나."

우리는 말없이 집으로 향했다. 우리 집이 보이기 시작했을 때 내가 말했다.

"건우야."

그러자 순이를 데리고 옆에서 걷던 건우가 고개를 들고 나를 바라봤다.

"부탁이 있어."

건우가 의아한 표정으로 날 바라봤다.

"너와 별이 사이에 무슨 일이 있었는지 난 몰라. 하지만 별이가 슬프거나 다치는 건 보고 싶지 않아. 부탁해. 그리고 내 책상에 딸기우유 갖다 놓는 것도 그만해. 피구 때문에 미안해서 그러는 거라면 이제 충분해."

내 말에 건우의 표정이 흐려지더니 말을 건넸다.

"별이 좋아해?"

"응."

나는 대답했다. 사실이니까. 별을 아주 많이 좋아하니까. 비록 별은 다른 사람을 보고 있다고 해도. 건우는 대꾸도 없이 순이를 데리고 저만치 가다가 휙 돌아서서 말했다.

"근데 딸기우유는 나 아니야. 오해는 풀어야 할 것 같아서."

그러더니 기와집으로 들어가 버렸다. 으악! 방금 내가 또 무슨 사고를 친 거야!!! 창피해서 어떻게 학교에 가야 하냐고! 그나저나 내 책상에 꼬박꼬박 딸기우유를 갖다 놓는 사람이 건우가 아니라면 대체 누구일까.

15

"와, 오늘 노래는 정말 무대를, 아니 음악실을 찢었다. 미쳤어!"

나는 손바닥이 얼얼할 정도로 손뼉을 쳤다.

"한조이, 너 무섭게 왜 이래?"

노래를 마친 수현이 상기된 표정으로 말했다.

"아니야. 진심 감동이었어. 이 정도면 아델을 은퇴시킬 실력이야, 암만."

나는 언어의 마술사인 엄마 밑에서 갈고닦은 현란한 아부 실력을 발휘하고 까만 비닐봉지에서 제로 콜라와 핫바를 꺼내 내밀었다.

"어쭈, 뇌물까지? 뭔데 이러실까?"

수현이 콜라 캔을 받으면서 말했다.

"핫바는 안 먹어?"

내가 물었다.

"아, 오디션 날짜가 얼마 안 남았잖아. 카메라 앞에 서려면 다이어트해야지."

수현은 땅이 꺼지게 한숨을 쉬며 말했다. 제로 콜라도 딱히 다이어트에 도움이 되진 않을 텐데. 나는 목구멍까지 올라온 말을 꿀꺽 삼켜 버렸다.

"있잖아."

"그렇게 배배 꼬면서 말하지 마. 그렇지 않아도 긴 애가 꼬니까 초대형 꽈배기 같아."

수현은 정색하고 말했다.

"아씨, 알았어. 걸어 다니는 건우 백과에게 물어볼 게 있어서 그래."

"걸어 다니는 건우 백과?"

수현이 의아한 표정으로 물었다.

"너 건우에 대해 모르는 거 없잖아. 그 정도면 건우 백과로 인정."

내 뻔뻔한 표정에 수현은 어이가 없는지 픽 웃었다.

"뭐가 알고 싶은데?"

수현은 정말 궁금했는지 캔을 따지도 않고 물었다.

"건우와 별이 말이야. 둘 사이에 뭔 일 있었어? 집도 가까운 아이들이 왜 그렇게 살벌해? 교실에서는 서로 투명 인간 취급하고. 특히 건우가 별이를 아주 싫어하는 거 같던데."

"아, 그거."

수현은 캔을 만지작거리며 잠시 생각에 잠겼다가 대답했다.

"나도 자세한 건 모르지만, 너도 건우가 중학교 때까지 수영 선수였던 건 알지?"

어쩐지 어깨가 장난 아니게 넓더라니. 지난번 골목에서 본 건우의 반응으로 짐작했기에 잠자코 고개를 끄덕였다. 몰랐다고 했다간 수현의 장광설이 시작될까 무섭기도 하고.

"별이도 그 수영부였어. 그때까진 둘이 무척 친했다고 하더라. 건우는 수영부 톱이자 주장이었는데, 무천시 대표를 뽑는 마지막 레이스에서 실수하는 바람에 아깝게 은메달에 그쳤어. 거기다 단체전 하는 날에 별이가 연락도 없이 안 나왔다는 거야. 그래 놓고 제대로 해명도 안 했다나 봐. 그 일로 별은 수영부를 나왔고, 둘이 원수가 됐대. 건우는 수영을 계속했지만, 원래 기량을 회복하지 못해서 결국 중학교 졸업할 무렵 수영을 그만뒀고."

수현은 마치 자기 일처럼 우울한 표정으로 설명을 끝냈다. 그런 일이 있었구나. 어쩐지 오해에서 비롯된 불화 같은 느낌이 들었지만, 지난 일을 내가 어쩌겠는가. 수현이 음악실에 걸린 벽시계를 힐끗 보더니 일어섰다.

"그만 가자. 금방 종 치겠어."

나는 수현을 따라 교실로 들어갔다. 얼마 안 남은 점심시간을 최대한 즐기려는 것처럼 교실은 아이들이 떠드는 소리로 시끌시끌했다. 별이는 노트에 뭔가를 적고 있었고, 유리는 건우의 책상에 한쪽 엉덩이를 걸치고 앉아서 건우에게 고개를 숙인 채 뭐라고 말하고 있었다. 으아, 저 도발적인 포즈는 뭐야? 수현은 내가 준 캔을 따서 콜라를 조금씩 마시며 앞서갔고, 나는 그 뒤에서 핫바가 든 비닐봉지를 들고 따라갔다. 그때 다리 하나가 불쑥 튀어나왔다.

"꺄악!"

평소 같으면 뛰어난 운동신경을 발휘해 깨끗하게 넘어갔겠지만, 오늘은 수현의 이야기가 남긴 여운에 젖어 있었다. 그래서 뒤늦게 다리를 보고 피하려다 몸이 앞으로 기울어지면서 손으로 수현의 등을 밀어 버리고 말았다. 수현의 몸이 앞으로 쏠리면서 콜라가 주위에 흩뿌려졌다.

건우의 책상에 앉아 있던 유리가 콜라 벼락을 맞았다. 그 순간 두 가지 일이 동시에 일어났다. 유리가 확 일어났고, 건우도 번개같이 일어나 넘어지려는 수현의 두 팔을 재빨리 잡았다. 덕분에 수현은 넘어지지 않았다. 하지만 그 모습을 본 유리가 수현의 뺨을 세차게 후려쳤다.

와글와글 시끄럽던 교실이 순식간에 조용해졌다. 아이들의 시선이 우리에게 쏠렸다. 발을 걸었던 진오는 아무것도 모르는 척 앞만 보며 히죽거렸고, 의도치 않게 도미노 사태를 일으킨 나는 그 자리에 얼어붙었다. 유리는 씩씩거리며 수현과 나를 번갈아 째려봤다. 수현은 아무 말도 못 한 채 입을 떡 벌리고 있었다.

"아씨, 이거 어떻게 할 거야? 다 젖었잖아. 눈을 어디다 달고 다니는 거야, 이 돼지야?"

유리가 바락바락 소리를 질렀다. 아직도 놀라움이 가시지 않은 듯 수현은 얻어맞은 뺨에 한 손을 대며 주저주저 말했다.

"미안, 유리야. 내가 그러려고 그런 게 아니라……."

분을 이기지 못한 유리가 다시 손을 올렸다. 나는 얼른 그 사이로 끼어들어 유리의 손목을 잡았다.

"그만해. 수현이 미안하다잖아. 그리고 수현이를 민 건 나야. 진오 이 자식이 발을 걸어서 그만."

"아니, 내가 누구 발을 걸었다고 그래? 이것들이 세트로 거짓말을 하고 지랄이야?"

어느새 진오가 일어서서 이죽거렸다. 건우는 온몸을 파르르 떨며 화를 내는 유리의 어깨에 자신의 재킷을 걸쳐 주었다.

"그만해, 유리야. 수현이가 미안하다고 하잖아. 일단 옷부터 갈아입자."

나직한 건우의 목소리에 유리의 기세가 조금 꺾였다.

"너희들 오늘 운 좋은 줄 알아."

유리는 매서운 눈빛으로 나와 수현을 노려보더니 건우와 같이 밖으로 나갔다. 교실은 다시 시끄러워졌다. 아이들은 재미있는 구경거리가 너무 싱겁게 끝나서 실망한 기색이었다. 진오는 싱글거리면서 자리로 돌아갔다. 저걸 그냥 콱. 나도 모르게 주먹을 치켜드는데 누군가 내 팔을 잡았다.

고개를 확 쳐들었다. 별이었다. 내 팔을 잡고 조용히 고개를 저으며 앞을 향해 눈짓했다. 수현이가 울음이 터지기 직전의 표정으로 서 있었다. 나는 수현을 자리에 앉히고 대걸레를 가져와 바닥에 쏟아진 콜라를 닦았다. 별이도 옆에서 도와줬다. 잠시 후 5교시가 시작됐다. 그러나 건우와 유리는 돌아오지 않았다.

오늘도 나무 대문은 어김없이 불친절하다. 나는 삐걱거리는 나무 대문을 붙잡고 혼신의 힘을 다해 씨름하다가 대문을 발로 뻥 차버렸다.

"엄마, 나 왔어. 오늘 정말 너무 짜증 나는 일이 있었어!"

그러나 집 안은 조용했다. 돌아오는 대답이 없었다. 마루에 가방을 던져 놓고 신발을 신은 채 안방까지 무릎으로 기어가서 문을 열었지만 안에는 아무도 없었다. 핸드폰을 들어서 엄마에게 전화하려다가 뭔가 평소와 다른 게 느껴졌다. 나는 일어서서 주위를 돌아봤다. 마치 숨은그림찾기를 하는 것 같았다. 잠시 후 나는 알게 됐다. 왜 이런 기분이 들었는지.

마당으로 나왔는데 창고 문이 열려 있었다. 그 순간 엄마가 며칠 전에 지나가듯 한 말이 떠올랐다. 작업 마감한 김에 창고를 정리해야겠다고. 안에 있는 잡동사니는 다 버리고 아직 새 도장을 찾지 못한 나를 위해 펀칭백을 달아서 여기를 체육관처럼 만들어 주겠다고 했다.

옛날부터 엄마는 이상할 정도로 나의 운동에 신경을 썼다. 정작 나는 '다시 운동해야 하나?' 고민 중이었는데. 창고 열쇠를 아무리 찾아도 보이지 않아서 열쇠 수리공을 부르겠다더니, 오늘이 그날이었나 보다. 엄마는 창고에 들여놓을 운동기구들을 사러 나간 모양이었다.

안에 뭐가 있는지 구경이나 해 볼까 하고 창고 문을 확 열어젖혔다. 순간 훅 끼치는 곰팡내와 퀴퀴한 냄새에 절로 기침이 나왔다. 에취, 에취! 도대체 얼마나 오랫동안 환기를 안 했기에 천 년은 삭은 것 같은 냄새가 나지? 나는 얼굴을 찡그리며 창고 안으로 들어갔다.

겉보기에는 뭔가 대단한 골동품 같은 게 나올 것처럼 생겼는데, 막상 창고로 들어가 보자 실망감이 몰려왔다. 먼지가 켜켜이 내려앉은 도자기 단지 몇 개와(「진품명품」에 내놓을 만한 보물은 없는 듯) 할아버지가 쓰셨을 바둑판과 바둑알들, 그리고 책들이 층층이 쌓여 있었다. 맨 위에 있는 책을 무심코 집으려는 순간 책탑이 와르르 무너지며 한 권이 내 발등을 때렸다.

"아얏!"

나는 까치발로 깡충깡충 뛰어다니다 멈춰 서서 떨어진 책을 집어 들었다. 『행복한 사람은 시계를 보지 않는다』라는 제목이 눈에 들어왔다. 음, 그럴듯한 말이군. 요즘 버전으로 하면 '행복한 사람은 핸드폰을 보지 않는다' 정도 되려나. 고개를 끄덕이며 책장을 넘기는데, 빛바랜 사진 한 장이 바닥으로 떨어졌다. 사진 뒷면에 글씨가 적혀 있었다.

민우, 태현과 함께

사진을 앞으로 돌렸다. 젊은 시절의 엄마가 두 남자 사이에 서서 웃고 있었다. 엄마와 손을 잡고 서 있는 사람이 아빠라는 건 알 수 있었다. 아빠 사진은 가장자리가 너덜너덜해질 정도로 수도 없이 봤으니까. 근데 엄마 옆에 서 있는 사람은 누구지? 전봇대처럼 키가 큰 남자가 왠지 낯설지 않았다. 나는 그 이유를 금방 알아차렸다. 얼마 전 시장에서 마주친 김태현 의원이었다.

나는 그 사진을 움켜쥔 채 창고 밖으로 뛰쳐나왔다. 심장이 가슴

밖으로 튀어나올 기세로 맹렬하게 뛰고 있었다. 어쩐지 판도라의 상자를 열어 버린 것 같았다. 후후, 심호흡을 하고 다시 사진을 들여다봤다. 옅은 미소를 지은 그 남자는 카메라가 아닌 다른 곳을 보고 있었다. 아빠와 손잡고 있는 엄마를. 그 눈에 서린 감정의 정체가 뭔지 알 것 같았다.

16

"저기 키다리 예쁜이, 정이라고 했나?"

이훈 보좌관이 지시한 대로 국회의원 선거에 쓸 SNS 홍보 문구를 생각하고 있는데 누가 나를 부르는 것 같았다. 고개를 돌리자, 풍만한 몸집에 사람 좋아 보이는 미소를 짓고 있는 중년 여자가 보였다. 김태현 의원 선거 사무실에서 일하는 사무원 중 하나였다.

"아, 정이가 아니라 조이입니다. 한조이."

나는 생긋 웃으며 정정했다.

"아, 맞다. 조이랬지. 미안. 내가 또 헷갈렸네. 우리 점심 먹으러 갈 건데 조이 학생도 같이 가."

"전 배가 안 고파서요. 다들 드시고 오세요."

나는 예의 바르게 웃어 보이며 인사하고 다시 포스터로 고개를 돌렸다.

"그럼 오는 길에 김밥이라도 사다 줄게."

그 말을 끝으로 사람들이 우르르 나갔다. 나는 편의점에서 사 온 삼각김밥을 가방에서 꺼내 전자레인지에 돌렸다. 사람들과 점심 먹으러 나갔다가 엄마와 마주치기라도 하는 날엔 끝장이다. 게다가 아줌마 사무원들과 있다 보면 수다 듣는 재미가 쏠쏠했지만 들으면 들을수록 불량 식품을 너무 많이 먹은 것처럼 속이 불편해졌다. 자식들, 남편과 시댁에 대한 자랑이나 험담과 불평, 다른 국회의원 경선 후보들에 관한 소문을 듣고 있으면 뒷담화의 늪에 빠져드는 것 같았다. 나이를 먹으면 저절로 성숙한 어른이 되는 줄 알았는데, 어른들의 민낯은 아이들보다 더 유치하고 기괴할 때가 많았다.

그래도 지난 며칠간 학교 끝나자마자 이곳으로 출근해서 쓸 만한 정보를 많이 건졌다. 예를 들면 재선에 도전하는 김태현 의원은 여기 무천시가 고향이라는 점. 쳇, 이것도 엄마랑 같군. 또 김태현 의원의 뒷배는 무천시를 꽉 잡은 건설 재벌인 처가이고, 그가 의원이 될 수 있었던 것 역시 처가의 돈 덕분이라고 했다. 돈 없이 할 수 없는 게 정치니까.

김태현의 부인은 사실 재혼이고(이 부분에서 여자들은 주위를 둘러보며 목소리를 낮췄다) 의원님은 초혼이라고. 부인이 전남편 사이에서 낳은 딸을 데려와서 김태현 의원 호적에 넣었는데, 여우같이 예쁜 딸을 의원님이 어찌나 애지중지하는지 모른다고. 그러면서 우리 의원님 너무 다정하고 근사한 남자 아니냐며 아줌마들이 물개박수를 치고 꺄 소리를 질렀다.

거기다 김태현 의원이 유능해서 처가인 무천 건설을 통해 일자리도 많이 만들고, 정원 박람회를 개최해서 무천의 관광산업을 발달시키고, 구석구석 민심을 잘 살펴서 재선은 따 놓은 당상이라고 했다. 하지만 아무리 당선이 확실하다고 해도 의원 부인이 사무실에 얼굴 한 번 안 비치는 건 좀 얄밉지 않냐는 누군가의 말에 다들 열렬히 호응했다. CIA 뺨치는 아줌마들의 정보력과 입담은 어떤 면에선 감탄할 수밖에 없었다. 새삼 수현이 했던 말이 떠올랐다. 여기 무천은 워낙 작은 도시라 모두가 거미줄처럼 끈끈하게 얽혀서 쉽사리 빠져나올 수 없는 사회라고. 그게 사실이라면 그거야말로 진정한 공포 아닌가? 누구에게나 감추고 싶은 비밀이나 사정이 있을 텐데. 그 순간 내가 무천에서 자라지 않은 게 다행이란 생각이 처음으로 들었다.

전자레인지에서 띵! 소리가 나서 삼각김밥을 꺼내고 있을 때였다.

"너 혼자니? 다들 어디 가고?"

당연히 이훈 보좌관인 줄 알고 나는 무심코 대답했다.

"식사하러 나가셨어요."

"너는 왜 안 갔어?"

"입맛이 없어서요."

오늘따라 훈이 삼촌이 이상하게 자상하다고 생각하며 나는 살짝 뜨거운 김밥을 조심스럽게 들고 돌아섰다. 순간 깜짝 놀랐다. 거기에 김태현 의원이 서 있었다. 나는 놀란 나머지 김밥을 떨어뜨렸다. 그러자 그가 뚜벅뚜벅 걸어와서 커다란 손으로 김밥을 집더니 내게 내밀었다.

"삼각김밥 하나로 되겠어? 한창 클 나이에."

"괜찮아요. 제가 워낙 적게 먹어서."

김태현 의원은 아무 대꾸 없이 나를 잠시 바라봤다. 그 눈동자에 정체를 알 수 없는 감정이 스쳐 지나갔다. 그는 고개를 가볍게 끄덕이더니 안쪽에 있는 사무실로 들어갔다.

사실 내가 여기에 온 원래 목적은 김태현 의원에게 접근해서 엄마와 어떤 관계인지 알아내는 것이었다. 하지만 선거를 앞두고 눈 코 뜰 새 없이 바쁜 일정에 그와 마주치는 것도 쉽지 않았다. 사실 이건 조금만 생각해 봐도 당연한 일이었는데, 내가 너무 쉽게 생각했던 거였다. 그런데 이런 행운이 내게 찾아오다니! 이 기회를 어떻게 활용해야 할지 고민하는 사이에 그가 컵라면을 내 책상에 올려 놨다.

"이건 내가 아끼는 비상식량인데 특별히 너한테 양보할게. 이렇게 어린 나이에 날 지지해 주다니 고맙다. 정치가가 꿈이라고? 이 보좌관에게 들었다. 언젠가 정계에서 동료로 만나게 된다면 좋겠구나."

그는 환하게 웃었다. 낯익은 미소. 사진 속 엄마를 보던 그 표정으로 나를 바라보고 있었다.

나는 창고에서 사진을 본 뒤부터 어떻게든 김태현 의원에 대해 알고 싶어졌다. 하지만 일개 고딩을 현직 국회의원이 왜 만나 주겠나? 그때 나는 김태현 의원이 내년 재선에 도전하고 있다는 사실을 알아냈고, 이훈 보좌관을 찾아가 필사적으로 매달렸다. 별의 친구라는 연줄을 동원하는 한편 언젠가는 정치가가 되고 싶다고, 그래서 일찍부터 선거 준비 사무소에서 경험을 쌓고 싶다고 설득했다. 이훈 보좌관은 나이가 차면 오라고 거절했지만 나는 물러설 생각이 없었다. 그러자 그가 어이없어 하면서도 호기심 어린 눈빛으로 물었다.

"왜 선거 운동을 하고 싶다는 거지? 네 나이엔 남자 친구나 학교 공부나 뭐 그런 것에 관심을 쓸 나이 아닌가?"

나는 속으로 심호흡했다. 엄마를 둘러싼 미스터리를 풀고 싶어서 여기에 왔지만, 예전부터 정치에 관심이 있던 것도 사실이었다.

"보좌관님은 왜 정치가가 되려고 하세요?"

느닷없는 내 물음에 이훈 보좌관의 눈빛이 흔들렸다.

"뭐라고?"

"뭔가 꿈이 있어서 정치를 시작했을 거잖아요? 저도 꿈이 있어요."

"그게 뭔데?"

이야기를 시작한 후 처음으로 이훈 보좌관은 흥미로워 하는 눈빛으로 나를 바라봤다.

"정치로 세상을 바꾸고 싶어요. 세상에 있는 모든 문제를 다 정치로 해결할 순 없지만, 그래도 꽤 많은 걸 풀 수 있다고 생각해요. 특히 국회의원은 세상을 바꿀 수도 있는 법을 만들잖아요. 그래서 여기서 하나씩 배우고 경험하고 싶어요."

"예를 들어 어떤 문제를 해결하고 싶은데?"

그가 물었다.

"우리 엄마는 미혼모예요."

"뭐라고?"

이훈 보좌관이 놀란 눈빛으로 나를 바라봤다.

"제가 엄마 배 속에 있을 때 아빠가 등산 사고로 돌아가셨대요. 엄마는 아빠를 너무 사랑해서 나를 낳았지만, 결과적으로 미혼모가 된 거죠. 그것 때문에 부모님에게 의절당하고. 지금까지 혼자 나를 키우셨어요. 그런데 내가 태어난 게 죄가 아닌데, 세상은 우리에게 굉장히 불친절했어요."

그가 다시 냉정한 얼굴로 물었다.

"그래서?"

"차별 없는 세상을 만들고 싶어요. 미혼모의 아이, 혼혈아, 고아, 노인, 성소수자도 차별받지 않는 세상을 만들고 싶어요. 말로만 차별하지 말라고 하면서 사람들의 감정에 호소해 봤자 무슨 소용이 있겠어요? 차별하지 않는 게 무슨 선행인 것처럼 자랑하는 사람들도 꼴 보기 싫고. 차별이 불법이 되었을 때 사람들은 자기가 하는 말이나 행동을 조심하게 되겠죠."

단순히 이훈 보좌관을 설득하기 위한 말만은 아니었다. 나 자신에게 하는 다짐이기도 했다. 나와 엄마를 냉대하고 차별하는 세상에 화만 낼 게 아니라 내가 직접 세상을 바꾸고 싶었다. 이 일이 계기가 될 줄 몰랐을 뿐. 이훈 보좌관은 나를 묘한 표정으로 봤다. 아마 별을 생각하고 있겠지. 아니면 자신을 생각하는 걸까?

"좋아. 하지만 자원봉사만 할 수 있어. 그리고 후보 경선 끝날 때까지만 하는 거다."

"좋아요. 저 엄마 일 돕느라 오타 체크도 잘하고, 청년층을 위한 홍보물 같은 거 만들 때 아이디어는 낼 수 있어요. 복사도 할 수 있고. 시켜만 주세요."

그렇게 면접 아닌 면접을 클리어하고 선거에 쓰일 각종 자료의 오타 체크와 복사를 맡았다.

김태현 의원에게 물어보고 싶은 게 너무 많았다. 어렵게 잡은 기회를 이대로 놓칠 순 없어. 입을 열려는 순간 사무실 문이 열렸다. 점심 먹으러 간 사람들이 벌써 왔나? 고개를 돌렸는데 또각또각 하이힐 소리를 내며 한 여자가 들어왔다. 뒤이어 이훈 보좌관이 따라 들어왔다. 엄마보다 서너 살 많아 보이는 그 여자는 숱이 많은 검은 머리를 틀어 올리고, 갈색 투피스에 검은색 킬힐을 신고 진주 목걸이에 진주 귀걸이를 하고 있었다. 윤곽이 뚜렷한 얼굴에서 냉기가 풀풀 풍겼다. 그 여자는 오만상을 찌푸리며 나와 김태현 의원을 번갈아 보았다.

"잠깐 사무실에 들렀다가 온다더니 왜 이렇게 오래 걸리는 거야, 당신. 그나저나 못 보던 애네? 누구야, 이 보좌관?"

부드러운 비단 위에 살모사가 스르륵 기어가면 이런 느낌이 들려나? 매끄러우면서도 어쩐지 소름 돋는 목소리였다. 이훈 보좌관이 얼른 대답했다.

"새로 온 자원봉사자입니다, 사모님."

부인은 마치 '이제부터 어떤 부위를 잘라내야 할까?' 하고 생각하는 도살자 같은 눈빛으로 나를 훑어봤다.

"자원봉사자치고 너무 어려 보이는데."

"정치에 관심이 많은 꿈나무입니다. 대견하게도 의원님을 적극적으로 지지하는 학생이죠."

이훈 보좌관이 살얼음이 낄 것 같은 차가운 분위기를 풀어보려고 노력했다.

"꿈나무라고? 뭐, 자소서에 넣을 경력이 필요해서 온 거 아니야? 요즘 애들이 그런 계산 하나는 끝내주게 빠르잖아."

그녀는 콧방귀를 뀌더니 김태현 의원을 바라봤다.

"그나저나 그건 사무실에 있었어요?"

"응. 책상 위에 있더군. 차에서 기다리라니까 번거롭게 왜 왔어. 어서 갑시다."

김태현 의원은 나를 돌아보지도 않고 서둘러 부인의 어깨를 감싸 안고 나갔다. 그리고 이훈 보좌관은 나를 힐끗 돌아보고 얼른 뒤따라갔다. 쳇, 「101마리의 달마시안」에 나오는 마녀 같아. 소문처럼 김태현 의원은 부인에게 꼼짝도 못 하는 눈치였다. 하지만……컵라면을 줄 때는 전혀 달랐어. 날 보던 눈빛이 무척 따뜻하던데…….

✦

"눈이다!"

아이들이 외치는 소리에 창밖을 보니 정말 눈이 내리고 있었다. 무천시에 와서 처음 보는 함박눈이었다. 이삿날 봤던 싸라기눈과는

115

차원이 달랐다. 펑펑 내리는 눈을 보니 어쩐지 마음이 싱숭생숭해
졌다. 그때 갑자기 뒤에서 누가 내게 말을 걸었다.

"오늘도 먼저 가는 거야?"

고개를 돌려보니 수현이었다.

"어, 왜?"

"아냐, 그냥 혼자 연습하니까 좀."

수현이 쓸쓸한 표정으로 말했다. 그걸 보니 조금 안쓰럽기도, 한
편으론 마음이 따뜻해지기도 했다. 나의 부재를 쓸쓸해 하는 사람
이 있다니. 하지만 지금은 선거 사무실에 가야 해…….

그때 별이가 가방을 메고 일어났다. 별이를 보자 좋은 생각이 떠
올랐다.

"별아."

내가 부르는 소리에 별이 의아한 표정으로 돌아봤다.

"너 오늘 약속 있어?"

내가 물었다.

"아니. 집에 가려고."

"그럼 옥상에 가서 수현이 노래하는 거 응원 좀 해 줘. 친구 좋다
는 게 뭐냐. 수현이 연예인 되기 전에 미리 점수 따 놓는 게 좋지 않
겠어? 하하하."

별이 수현을 봤다. 수현은 아무래도 상관없다는 척했지만, 나는

안다. 나를 응원하고 지지하는 사람이 주는 힘이 어마어마하다는 것을.

"응, 알겠어."

별이 말했다.

"오케이. 그럼 오늘도 파이팅! 난 바빠서 이만."

나는 너스레를 떨었다. 옥상으로 향하는 둘의 뒷모습을 보며 배낭을 드는 순간 핸드폰이 울렸다. 오늘은 선거원들 모두 야외 일정이 있으니 사무실에 오지 말라는 이훈 보좌관의 문자였다. 나는 알겠다고 답장을 보내고 학교 밖에 있는 편의점에 가서 수현이 좋아하는 제로 콜라와 별이 좋아하는 탄산수를 사서 학교로 돌아왔다. 둘이 연습 잘하고 있겠지? 옥상에 가서 깜짝 놀라게 해 줘야지. 날 보고 놀라워할 둘의 표정을 상상하며 설레는 마음으로 옥상을 향해 걸어갔다.

그런데 옥상 문손잡이를 잡았을 때 가늘고 높은 비명이 들렸다. 수현의 목소리다! 문을 확 열어젖히자 유리가 수현의 뺨을 인정사정없이 후려치고 있었다. 한 번도 아니고 연달아 두 번, 세 번, 네 번. 그러면서 유리는 한 번씩 칠 때마다 이렇게 말했다.

"이건 못생긴 돼지 주제에 우리 진오에게 침 흘린 벌. 내가 그걸 모를 줄 알았냐?"

"이건 전에 나에게 콜라 엎은 벌."

"이건 노래 좀 한다고 잘난 척하고 다닌 벌."

별이 유리의 팔을 잡고 말리자 진오가 별의 멱살을 잡아 바닥에 내동댕이쳤다. 저 자식이 정말! 진오 옆에 진오와 어울려 다니는 다른 반 남자애 두어 명이 보였다. 그들을 향해 냅다 달려가려는데 뒤에서 묵직한 목소리가 들렸다.

"다들 그만해!"

돌아보니 건우가 서 있었다. 모두의 시선이 나와 건우에게 쏠렸다. 내가 수현과 별에게 달려간 사이에 건우는 유리와 진오에게 성큼성큼 걸어갔다.

"유리 너 성질 좀 죽이라고 했지, 내가. 진오 넌 또 뭐야?"

그러자 진오가 킥킥 웃었다. 어쩐지 불길했다. 뭔가 믿는 구석이 있는 표정이었다. 자기가 달고 온 저 너저분한 패거리를 믿고 저러나.

"건우, 너 언제까지 그렇게 대인배 코스프레할래? 이거 보고도 쿨한 척하면 넌 사내새끼도 아니야."

"뭐라고?"

건우가 언성을 높이며 말하자, 진오가 느닷없이 별의 배낭을 거꾸로 들고는 안에 있는 걸 확 쏟아 버렸다. 바닥에 떨어지는 책과 필통과 노트들 사이에서 미니 스케치북이 보였다. 진오는 그걸 들어서 손에 쥔 채 건우와 유리를 보며 말했다.

"이 새끼가 뭘 그렸는지 알아? 감히 너의 여친을 넘봤다 이거야. 이 새끼가 틈만 나면 뭘 끼적거려서 내가 봤거든. 그런데 유리를 그리고 있더란 말이지. 이 새끼가 주제도 모르고 유리를 좋아하고 있었다고, 건우야."

유리가 역겹다는 듯 꽥 소리를 질렀다.

"으악, 더러워. 감히 너 따위가 나를?"

유리는 꿈틀거리는 벌레를 보는 것처럼 혐오스러운 눈빛으로 별을 보다가 건우를 봤다.

"이러고도 가만히 있을 거야? 김건우!"

이번에는 유리가 건우를 다그쳤다. 건우는 믿을 수 없다는 표정으로 진오가 내민 스케치북을 받아서 한 장씩 넘기며 봤다. 미니 스케치북에 그려진 유리의 다양한 표정의 얼굴을. 그걸 보는 내 마음도 찢어질 것 같았다. 순간 별의 얼굴을 슬쩍 보자 기이하게도 차가운 미소가 떠올라 있었다. 뭐지, 저 표정?

별이 말했다.

"착각 좀 작작 해. 유리 네가 좋아서 그린 거 아니거든."

"뭐라고 이 새끼야?"

느닷없이 건우가 별의 얼굴에 주먹을 날렸다. 그걸 신호로 진오 패거리가 별이에게 달려들어 인정사정없이 때리고 발로 차기 시작했다.

"그만해!"

내가 소리치면서 그 무리에 뛰어들려고 하는 순간, 진오가 내 옆구리를 발로 세게 찼다. 옆구리가 찢어질 것 같은 아픔에 잠시 멈칫했지만, 다시 똑바로 서서 정신을 가다듬은 다음 진오의 얼굴에 발차기를 날렸다.

관장님이 격투기 선수로 나가보라고 권유했을 만큼 위력 있는 내 발차기. 진오의 얼굴에서 딱 소리가 나면서 코피가 터졌다. 엇, 저 소리는. 하지만 지금은 그런 걸 생각할 여유가 없었다. 피를 본 진오가 흥분해서 주위를 둘러보다 바닥에 있던 나무 막대기를 들고 나에게 달려들었다.

'그 정도는 멋지게 피해 줄 자신이 있지' 싶었는데, 그 순간 내 어깨를 향해 날아오는 막대기가 보였다. 나는 눈을 질끔 감았다. 퍽! 소리가 났다. 엥? 아무 통증도 느껴지지 않았다. 정신을 차려 보니 나와 진오 사이에 끼어든 건우가 막대기에 머리를 맞고 비틀거리며 주저앉았다.

"괘…… 괜찮아?"

쓰러진 건우에게 다가가려는데, 유리가 먼저 건우에게 달려왔다. 그리고 유리는 건우를 살피다가 고개를 확 들어 나를 보더니 느닷없이 달려들어 내 뺨을 갈겼다.

"야! 너 뭐야? 건우가 왜 너 따위 때문에 다쳐야 하는데! 처음부터 너 진짜 밥맛이었어. 대놓고 건우를 넘보는 수현이보다 내숭 떨면서 꼬리치는 네가 더 싫었다고.”

나도 질세라 유리의 뺨을 맞받아쳤다.

“나도 너 처음부터 별로였어. 네가 뭔데 별이에게 그런 쓰레기 같은 말을 해! 그리고 내가 언제 꼬리를 쳤다는 거야?”

진오가 다시 막대기를 휘둘렀다. 퍽. 순간 눈앞이 번쩍하면서 이마가 쪼개지는 것 같은 통증이 느껴졌다. 무심코 이마에 손을 대자 축축한 느낌이 들었다. 그때 수현의 비명 소리가 들렸다.

“조이야!”

17

"조이야! 조이야!!"

치료실 문이 홱 열리면서 엄마가 들이닥쳤다. 의사 선생님이 내 이마를 다섯 바늘이나 꿰맸고, 나는 따끔거리는 통증에 "아야, 아야" 하고 소심하게 항의하고 있던 차였다. 나는 엄마를 보자마자 입을 다물었다. 순식간에 엄마의 얼굴에서 핏기가 사라졌다. 이러다 내가 아니라 엄마가 쓰러질 것 같군. 옥상에서 그 난리가 난 후 전신에서 분수처럼 아드레날린이 솟구치면서 아무 생각도 안 났는데, 엄마의 얼굴을 보니 서서히 현실감이 밀려들었다.

"조이 어머님이신가요?"

희고 풍성한 단발머리 때문에 인자한 할머니처럼 보이는 의사가 반창고를 다 붙이고 엄마를 돌아보며 말했다.

"이만하길 다행입니다. 이마 빼고는 다친 곳이 없어요. 혹시나

뇌진탕이 온 건 아닐까 검사해 봤는데, 괜찮더라고요. 너무 걱정하
지 마세요."

의사 선생님의 말에 엄마는 안도의 한숨을 쉬고 나를 와락 끌어
안았다.

"어쩌다 이런 거야? 내가 얼마나 무서웠는지 알아? 너에게 무슨
일이 생기면 엄마는 못 살아."

엄마의 품속은 튼튼하고 단단한 요새 같았다. 영원히 그 속에서
나오고 싶지 않을 만큼. 마침내 엄마는 나를 놓아주었다. 엄마 눈에
눈물이 그렁그렁했다. 그걸 보자 나까지 눈물이 터질 것 같았다. 엄
마는 내 몸 여기저기를 만지며 걱정스러운 눈빛으로 살펴보다가 다
시 선생님을 보며 물었다.

"우리 조이 괜찮을까요, 선생님? 여자애가 이마에 흉이 지면 팔
자가 사납다는데……."

"네. 혹시 오늘 밤에라도 토하거나 두통이 심하면 바로 병원으로
데려오세요. 그리고 요새 성형수술 수준이 대단해요. 흉터가 생겨
도 거짓말처럼 지워 줄 거예요."

빙긋 웃는 의사 선생님을 보고 내가 용기를 내서 물었다.

"선생님, 저랑 같이 온 아이는 어때요? 별이 말이에요. 많이 다쳤
나요?"

"그 귀여운 아이 이름이 별이냐?"

의사 선생님의 표정이 조금 어두워졌다.

"자세한 건 아직 말하기 이르다만, 그 아이는 병원에 좀 더 있어야 할 것 같구나. 내일이나 모레쯤 문병을 오려무나."

엄마는 내 어깨를 끌어안으며 주차장으로 데리고 갔다. 항상 일하느라 바쁜 엄마에게 이렇게 폭 안겨 있으니 다시 아이가 된 것 같았다. 멋쩍기도 했지만 사실 좋은 마음이 더 컸다. 엄마에겐 괜찮다고 백 번도 넘게 말했다. 그런데 사실은 아까부터 덜덜 떨리는 손을 들킬까 봐 두려워서 주머니에 푹 찔러 넣고 있었다. 아이들에게 묵사발이 되게 맞은 별이 걱정됐고, 머리를 맞아서 의식을 잃은 건우도 걱정됐다.

차를 타고 집에 가는 길, 우리는 아무 말도 하지 않았다. 어쩌다 일이 이렇게 커져 버렸지? 서럽고, 무섭고, 앞으로 어떤 일이 벌어질지 몰라 두려웠다. 나는 소리 내어 울었다. 엄마는 묵묵히 운전만 했다. 좀처럼 울지 않는 내가 한 번 울음을 터트리면 그칠 때까지 내버려 둬야 한다는 걸 아니까. 마침내 우리 동네 공용주차장에 도착했을 때 나는 울음을 그치고 딸꾹질을 했다. 몸속의 모든 수분이 빠져나간 것 같았다. 엄마는 다시 한번 나를 꼭 끌어안았다.

◇

"일이 그렇게 된 거였어?"

엄마가 따뜻한 국화차가 담긴 머그잔을 내밀었다. 두 손에서 느껴지는 차의 온기에 내 마음도 서서히 진정되는 듯했다. 나는 오늘 옥상에서 있었던 일을 전부 말했다.

길지도 짧지도 않은 이야기를 마치고 나니 목이 말랐다. 나는 그새 식어 버린 차를 벌컥벌컥 마셨다. 잠시 후, 화를 내거나 흥분하지도 않고 그저 내 이야기를 듣기만 하던 엄마가 한마디 건넸다.

"잘했어."

"응?"

나는 찻잔에서 고개를 들었다. 아무리 엄마가 쿨한 사람이라 해도 이마를 다섯 바늘이나 꿰매는 대형 사고를 쳤는데, 잘했다고? 아까 진오 자식 코에서 나는 소리가 심상치 않은데? 그 자식 코뼈가 부러졌을지도 모르는데? 엄마는 의아한 표정을 짓는 나를 보며 빙긋 웃었다.

"물론 하나밖에 없는 소중한 딸이 다친 건 안 좋은 일이지만, 그래도 이만하길 다행이야. 무엇보다 위험한 상황에서 스스로 널 지킨 게 고마워. 그러려고 운동시킨 거지만. 그리고 좋아하는 친구들을 위해 그런 거잖아."

엄마는 다 알고 있다는 표정으로 희미하게 미소 지었다.

"역시 우리 엄마에겐 빅 픽처가 있었구나. 그런 의미에서 킥복싱을 배우게 해 줘서 진짜 고마워. 난 이만 가서 쉴게. 힘을 너무 썼는지 온몸이 뻐근하고 머리도 아프네."

은근슬쩍 나가려는 나의 뒷덜미를 엄마가 낚아챘다.

"그러나!"

뒤에서 엄마의 엄한 목소리가 들렸다. 역시 한국말은 끝까지 들어 봐야 해⋯⋯. 후, 나는 한숨을 쉬며 엄마를 뒤돌아봤다.

"뭐가 그러나야?"

"어렸을 때부터 너한테 킥복싱을 가르친 건 자신을 지키는 능력을 길러 주기 위해서였지, 그렇게 다른 사람을 두드려 패라고 한 게 아니야. 진오나 유리가 나쁜 짓을 한 건 분명하지만, 너도 힘 조절을 했어야지. 그리고 그런 힘을 휘둘렀으면 책임도 져야 한다는 것도 알아야 하고. 폭력으로 문제를 해결하려고 하면 안 돼."

"엄마는 꼭 내가 깡패처럼 애들 때리고 다닌다는 식으로 말하네? 그렇게 말하면 나 진짜 억울해. 내가 아이들을 때린 건 이번이 처음이잖아!"

"알아. 하지만 이번 사건은 단순히 너희끼리 다툰 걸로 끝나지 않을 거야. 그냥 애들 싸움이라고 하기엔 폭력의 수위가 너무 높아. 학폭위가 열릴 텐데, 네가 운동한 경력이 알려지면 지금 네가 느끼는 억울함보다 몇백 배 더 억울한 일이 생길 수도 있어. 아무리 이유가 있다고 해도 폭력은 폭력이니까."

엄마는 한숨을 쉬면서 말했다.

"하지만 엄마는 네 편이라는 거 잊지 마. 네가 얼마나 착하고 정의감이 많은 아이인지 난 알아. 다만…… 마음 단단히 먹어. 선의를 가지고 한 일이라고 해서 결과가 좋은 건 아니니까. 세상일이 다 내 마음 같지는 않다는 뜻이야."

나는 고개를 숙이며 말했다.

"나도 알아. 난 아이가 아니야, 엄마."

"그래. 그래도 엄마를 믿고 기운 내. 엄마도 일단 싸우면 지지 않아."

그 말에 다시 고개를 드니 엄마가 단호하면서도 애정 어린 눈빛으로 나를 보고 있었다. 아까부터 마음 한쪽을 묵직하게 누르고 있던 불안이 서서히 작아졌다. 그래, 앞으로 어떤 일이 일어나든 나는 혼자가 아니야. 그러니 어떤 일이 있어도 이겨낼 수 있어.

3부

오늘도
조이풀 하게!

18

그 일이 일어난 지 일주일이 지났다. 계속 결석하다가 어제 처음 학교에 갔는데, 아이들이 나를 보며 '옥상 대첩'의 주역이라는 둥 그 얘기를 속닥거렸다. 옥상 대첩이라니, 작명 센스 정말 구리군. 내 자리로 가다가 문득 수현을 봤다. 수현은 내가 교실에 들어온 순간부터 고집스럽게 나를 외면하고 있었다. 수현의 까만 뒤통수를 보고 있으려니 눈물이 쏟아질 것 같았다.

그날 나는 엄마에게 모든 걸 털어놓고 내 방으로 돌아오자마자 수현에게 전화를 걸었다. 유리에게 맞은 데는 괜찮은지, 앞으로 우리는 어떻게 될지 이야기하고 싶었다. 둘이 머리를 맞댄다고 뾰족한 수가 나오지는 않겠지만, 그냥 이야기하는 것만으로도 마음이 좀 편해질 것 같았다. 하지만 수현은 전화를 받지 않았다. 카톡도, 문자에도 묵묵부답이었다.

자리에 앉으면서 비어 있는 옆자리를 보는데, 며칠 전에 본 별의 모습이 떠올랐다. 갈비뼈 하나가 골절되고 전신에 심한 타박상을 입은 별이는 살이 쑥 빠져서 그렇지 않아도 작은 얼굴이 더 작아져 있었다. 무의식중에 별의 얼굴과 내 얼굴 크기를 비교하다 좀 억울해졌다. 나도 같이 다쳤는데. 아무튼 이번 생에 핼쑥한 얼굴로 남친의 연민 어린 눈빛을 받을 일은 없을 것 같다. 휴. 나도 모르게 한숨이 새어 나왔다. 그 소리를 들은 별이 말했다.

"그렇게 한숨 쉴 거 없어. 나 괜찮아."

나는 허둥지둥 대답했다.

"그럼. 넌 금방 나을 거야. 하하하."

"넌 괜찮아?"

별은 내 이마에 붙어 있는 거대한 반창고를 보며 물었다. 걱정이 담뿍 담긴 그 눈빛을 보니 속도 없이 좋았다. 나는 마냥 주인의 애정을 갈구하는 강아지처럼 헤헤거리며 대답했다.

"조금 따끔하고, 세수할 때 물 안 닿게 하느라 고생스러운 거 빼면 아무렇지도 않아. 엄마는 흉이 질까 봐 걱정이라고 하시지만. 뭐, 이 정도로 내 미모에 영향이 미칠 일은 없어."

"흉터가 있건 없건, 언제나 예쁠 거니까?"

별이 장난기 어린 눈빛으로 날 보며 말했다. 엥? 별이 방금 뭐라고 한 거야? 나보고 예쁘다고 한 거야? 심지어 '언제나'라고? 아니야, 의문형으로 끝났으니까 그냥 놀린 걸지도 몰라. 순식간에 머릿속이 복잡해져서 고개를 좌우로 흔들었다.

"왜 그래? 머리 아파?"

"아니, 잠시 환청이 들린 것 같아서."

별이 다시 걱정스러운 표정으로 나를 바라보자, 나는 시치미를 뗐다.

"내일 학교에서 비공개회의한다며?"

"응."

별의 질문에 내일 회의를 한다는 게 떠올라 머리가 지끈지끈 아팠다. 정식으로 학폭위가 열리기 전에 사건의 당사자들과 부모들이 모여서 회의를 하기로 했다. 그래서 다들 그 사건에 대한 진술서를 써서 보내야 했다. 아침에 보니 엄마는 밤새 진술서를 쓰느라 다크서클이 턱까지 내려와 있었다.

"넌 진술서 어떻게 했어?"

내가 물었다.

"삼촌이 써서 보냈어."

"그랬구나."

"저기……."

별이 말끝을 흐렸다.

"응? 뭐?"

"건우는……."

"아……."

사실은 별이를 만나러 오기 전에 건우가 입원한 병원에 먼저 들렀었다. 머리를 세게 맞은 건우는 이틀 동안 의식을 찾지 못했다가 어제 비로소 깨어났다. 나는 그 소식을 듣고 한없이 미안한 마음이 들어 꽃을 들고 찾아갔다(이번에는 국화를 사지 않았다). 아무튼 건우가 나 대신 맞은 건 사실이니까. 그런데 병실에 가 보니 건우 옆에 유리가 떡하니 버티고 있었다. 그걸 보니 도저히 들어갈 용기가 나지 않았다. 아픈 건우 앞에서 유리와 2차전을 치를 수도 없고. 그래서 간호사 언니에게 꽃다발을 전해 달라 부탁하고 나왔다.

"건우는 깨어났대. 진술서는 건우 부모님이 쓰셨겠지."

"그래? 건우 부모님은 한국에 안 계실 텐데. 할아버지가 쓰셨겠네."

별은 뭔가를 생각하는 표정으로 대답했다.

"건우 부모님이 한국에 안 계셔?"

나는 몰랐던 사정이었다.

"어. 건우 아빠가 목사님이신데, 부모님 두 분이 같이 아프리카에 선교하러 가셨어. 내년에나 돌아오신다던데. 지금은 할아버지네서 살고 있어."

"그랬구나……."

어쩐지 가끔 옥상에 빨래 널러 나가면 꼬장꼬장해 보이는 할아버지가 추리닝을 입고 서서 하나둘, 하나둘, 하며 맨손체조하는 모습이 보여서 의아했는데. 부모님도 없이 혼자 아팠을 건우를 생각하니 짠했다.

"한조이. 한조이 결석했니?"

느닷없이 날 부르는 소리에 정신을 차려 보니 국어 선생님이 의아한 표정으로 나를 보고 있었다. 나는 허겁지겁 교과서로 다시 시선을 돌리고 선생님이 말씀하신 부분을 읽기 시작했다.

가까스로 수업이 끝나고 집에 가려고 가방을 싸는데, 핸드폰에서 윙윙 진동 소리가 났다. 카톡에 수현의 이름이 떠 있었다. 순간 펄쩍 뛸 만큼 기뻤다. 그럼 그렇지! 역시 수현이도 날 걱정하고 있었던 거야. 수현이도 나와 이야기하고 싶었던 거야. 그동안 연락도 안 되고 학교에서 날 시종일관 외면해서 서운했던 마음은 수현의 이름을 본 순간 순식간에 날아가 버렸다. 나는 허겁지겁 카톡 창을 열었다.

수현
내일 아침에 비공개회의 있는 거 알지?
그전에 잠깐 보자. 할 이야기가 있어.
8시 반에 음악실에서 만나.

잘 지냈냐는 말도, 다친 데는 괜찮냐는 안부도, 그동안 학교에서 왜 날 모른 척했는지 이유도 없는 지극히 사무적인 문자였다. 카톡 창에 수현의 프로필이 뜨지 않았더라면 다른 사람이 보냈나 의문이 들 정도였다. 평소의 수현과 분위기가 너무 달랐지만, 어쨌든 연락이 온 것만으로도 기뻤다. 나는 톡톡톡톡 자판을 두드렸다.

그래. 내일 봐.
잘 지냈지?

수현
ㅇㅇ

이게 다였다. 그걸 보는 순간 마음에 커다란 구멍이 뚫리는 것 같았다. 오랜 세월 품고 있던 상처와 의심이 고개를 쳐들었다. 누구도 믿지 않겠다고, 섣불리 속내를 보이지 않겠다고, 쉽게 곁을 주지 않겠다던 과거의 결심이 떠올랐다. 나는 애써 그런 마음을 밀어냈다. 그럴 만한 사정이 있겠지. 어쩌면 부모님께 핸드폰을 뺏겼다가 간신히 찾았을지도 모르잖아. 나는 눈이 내리던 날 나와 같이 있고 싶어 했던 수현의 그 쓸쓸한 눈빛을 떠올리며 마음속에서 모락모락 피어오르는 불안을 애써 외면하려고 노력했다. 내일 아침에 만나면 알게 되겠지. 얼른 만나서 수현과 그간 있었던 일을 실컷 이야기하고 싶다.

♦

비공개회의에다 수현과 오랜만에 이야기할 생각을 하니 좀처럼 잠이 오지 않았다. 결국 뜬눈으로 밤을 새우고 새벽에 일어났다. 식탁 앞에 앉아 수심 어린 표정으로 커피를 마시고 있던 엄마는 내가 다가가자 고개를 들고 말했다.

"왜 벌써 일어났어? 좀 더 자지."

"그냥 눈이 떠졌어."

엄마는 푸석푸석한 내 얼굴을 보더니 일어나서 나를 안아 줬다.

"다 잘될 거야. 너무 걱정하지 마."

"그럼, 걱정 안 해. 오늘은 나 먼저 학교에 갈게. 이따 회의실에서 만나."

내가 아무렇지 않은 듯이 얘기하자, 엄마가 의아한 얼굴로 물었다.

"왜? 같이 가지?"

"아, 수현이랑 할 말이 있어서 회의 전에 잠깐 보기로 했어. 이야기하고 둘이 같이 회의실로 갈게."

"그래? 알았어."

학교에 도착하자마자 곧바로 음악실로 갔다. 음악실 벽에 걸려 있는 시계를 보니 8시 25분이었다. 시간이 흐를수록 초조해져서 음악실 안을 걸어 다녔다. 다시 시계를 보니 35분이었다. 수현이 늦네? 그때 복도에서 또각또각 구두 굽 소리가 들렸다. 뭐지? 하이힐 소리 같은데?

드르륵. 음악실 문이 열리고 나는 그 자리에 얼어붙고 말았다. 몸에 착 달라붙는 검은색 트위드 투피스를 입고 새빨간 하이힐을 신은 중년 여자가 내 쪽으로 걸어왔다. 나를 향해 거침없이 걸어오는 그 기세에 압도돼서 "실내에서 구두를 신으면 안 되는데요?"라는 말이 나오려다 쑥 들어갔다. 여자는 느리지도 빠르지도 않은 속도로 걸어와 내 앞에 섰다.

"네가 한조이니?"

나는 놀란 나머지 고개만 끄덕였다. 그때 그 사람이 느닷없이 내 머리채를 휘어잡더니 무시무시한 힘으로 나를 바닥에 내동댕이쳤다. 그러곤 허리를 숙이고 다시 내 머리채를 잡더니 나를 질질 끌고 다녔다. 불시에 당한 기습에다 머리채가 뽑혀 나갈 것 같은 통증에 머리가 멍해질 때 그 여자가 내 머리를 손바닥으로 사정없이 후려쳤다. 악! 나는 바닥에 쓰러졌다가 이내 고개를 들고 상대를 노려보았다. 그 순간 깨달았다. 내게 폭력을 행사한 사람이 바로 김태현 의원의 부인이라는 것을. 대체 이 아줌마가 나한테 왜 이러는 거야? 미쳤나? 설마 내가 김태현 의원에게 접근한 이유를 알고 있나? 나는 벌떡 일어났다. 그리고 떠는 모습을 보이지 않으려고 배에 힘을 콱 주며 외쳤다.

"왜 이러세요?"

"왜 이러냐고? 오호, 듣던 대로 여간내기가 아니네. 앙큼한 것. 내가 왜 이러는지 몰라서 물어? 네가 감히 내 딸 유리를 때려? 배우가 될 내 딸의 얼굴을, 너 따위가?"

그 여자는 마치 씹다 버린 껌처럼 더럽고 하찮은 것을 보는 눈빛으로 나를 노려봤다. 아…… 이 사람이 유리 엄마였어? 모전여전이군. 다른 사람을 다 자기 밑으로 보는 저 눈빛이 붕어빵처럼 닮았어. 가만, 저 사람이 유리 엄마면, 유리 아빠는……. 유리 아빠의 정체를 깨달은 순간 알 수 없는 슬픔이 밀려왔다. 갑자기 내 마음이 왜 이러지? 왜 이렇게 허전하지? 왜 이렇게 막막하지?

내 표정을 본 유리 엄마는 내가 겁을 집어먹었다고 오해했는지 다시 한 손을 치켜들었다. 하지만 맞고만 있을 내가 아니다. 나는 날아오는 그의 손목을 있는 힘껏 잡았다. 예상치 않았던 내 반응 속도와 생각보다 엄청난 힘에 놀랐는지 유리 엄마의 얼굴에 당황한 기색이 떠올랐다.

"이거 뭐야? 이 손 안 놔? 이런 버르장머리는 또 어디서 배워 먹은 거야?"

"아줌마. 한 번은 모르고 당해도 두 번은 안 돼요. 유리만 귀한 딸이 아니라 나도 울 엄마에게는 귀한 딸이거든요. 내 버르장머리 걱정할 시간에 손버릇 나쁜 아줌마 인성이나 걱정하시죠? 제가 계산이 정확해서 받은 만큼 돌려 드리는 성격이지만, 오늘은 참을게요. 급한 회의가 있어서. 참, 아줌마도 가셔야 하지 않나요?"

나는 벽시계를 봤다. 시곗바늘이 8시 55분을 가리키고 있었다. 그 사람도 나를 따라 시계를 보더니 "흥!" 코웃음을 쳤다.

"그깟 회의 따위 다 형식이지. 내가 안 가는데 지들이 시작이나 할 수 있나. 가만, 너 어디서 본 얼굴인데……."

유리 엄마는 의심 어린 눈빛으로 나를 위아래로 훑어봤다. 등골이 오싹해졌다. 며칠 전 김태현 의원 사무실에서 잠깐 본 걸 기억해 내면 어쩌지? 나는 그 사람을 밀치고 음악실에서 뛰쳐나왔다. 누군가 급하게 계단을 내려가는 발소리가 들렸다. 누구지? 혹시 수현인가? 나는 달리기 시작했다.

19

정신없이 계단을 뛰어 내려와 별관 1층에 있는 회의실로 갔다. 그리고 문 앞에 서서 잠시 숨을 가다듬으며 떨리는 손으로 헝클어진 머리와 옷매무새를 대충 매만졌다. 회의실 안에 들어서자 순간 모두의 시선이 나에게 쏠렸다. 딱딱하게 굳은 표정으로 타원형의 테이블 위쪽에 앉아 있는 담임 쌤, 그 왼쪽에 앉아 있는 여유만만한 표정의 유리. 유리 옆자리는 비어 있고, 그 옆에 수현이 앉아 있었다. 수현이는 나와 눈이 마주치는 순간 교실에서 그랬던 것처럼 나를 외면해 버렸다. 나는 마음이 아팠다. 아까 유리 엄마에게 머리채를 잡혔을 때보다 더 아팠다.

수현 옆에는 급식실에서 한 번 본 적 있는 수현의 엄마가 앉아 있었다. 파마를 한 짧은 단발머리에 흰 블라우스를 입고 목에 진주 목걸이를 한 모습은 마치 다른 사람 옷을 빌려 입은 듯 어색하고 불편해 보였다. 아주머니가 나를 보고는 수현에게 고개를 돌리더니 뭐라고 속삭였다. 수현은 말없이 고개를 끄덕였다.

수현 엄마에게서 한 자리 건너 자리에는 엄마가 앉아 있었다. 엄마를 본 순간 심장이 쿵 내려앉았다. 평소 민낯으로 다니는 엄마가 오늘은 풀메이크업에 머리도 미용실에서 드라이까지 하고, 중요한 행사가 있을 때만 입는 검은 정장 차림을 하고 있었다. 마치 갑옷을 갖춰 입은 여전사 같았다. 내 아이는 내 손으로 지키겠다는 결연한 분위기. 엄마……. 그때 낮고 굵직한 목소리가 귓전으로 날아들었다.

"어른들 다 계시는 중요한 자리에 지각이나 하고. 쯧쯧. 저 불량한 태도 좀 봐. 계집애가 저러고 다니니 이런 몹쓸 사달이 일어났지."

고개를 돌리자 유리 맞은편에 앉아 있는 할아버지가 보였다. 건우 할아버지다. 우리 집 옥상에서 내려다볼 때는 항상 추리닝 바람이었는데 오늘은 파란 재킷에 검은 코르덴바지 차림이어서 몰라봤다. 훤칠한 건우와 달리 키가 작았지만, 몸이 단단하고 무척이나 꼬장꼬장해 보이는 인상이었다.

할아버지의 비난에 엄마가 발끈해서 입을 열려는데, 그 순간 다른 목소리가 들렸다.

"어르신, 말씀이 지나치십니다."

할아버지 옆에 앉은 별의 삼촌이었다. 항상 청바지와 무늬 없는 흰 셔츠에 하얀 앞치마 차림이던 삼촌도 오늘은 회색 양복에 파란 넥타이까지 한 채 앉아 있었다.

"그게 뭐가 과해요? 우리 진오 말 들어 보니 저 조이란 아이가 평소에도 워낙 드세고 과격해서 자주 말썽을 일으킨다던데요. 우리 진오 얼굴만 봐도 알 수 있잖아요. 여자아이가 걸핏하면 주먹이나 휘두르고. 내가 우리 진오 얼굴만 보면 어찌나 속상한지."

테이블 끄트머리에 앉은 심술궂은 인상의 중년 여자가 말을 보탰다. 그 옆에서 나를 노려보고 있던 진오는 코뼈가 부러져서 퉁퉁 부은 코 위에 거즈와 반창고를 붙이고 있었다. 진오 아빠는 골프장을, 엄마는 100평짜리 베이커리 카페를 운영한다는 소문이 사실인지, 짧은 커트 머리의 진오 엄마는 머리끝부터 발끝까지 명품으로 휘감고 있었다.

진오 엄마의 말에 화가 난 엄마가 반박하려는 듯 입을 열었다. 그러나 그 순간 회의실 문이 열리며 유리 엄마가 느긋하게 걸어왔다. 나보고 지각했다고 태도가 불량하니 어쩌니 하던 건우 할아버지가 이번에는 무슨 말을 하려나 싶어 건우 할아버지를 쳐다봤다. 그러나 건우 할아버지는 유리 엄마를 보자 굵은 눈썹만 한 번 꿈틀하더니 입을 다물어 버렸다. 더 놀라운 건 벌떡 일어나서 유리 엄마를 향해 두 손을 모으고는 고개를 푹 숙여서 인사하는 수현 엄마의 반응이었다. 그 모습에 진오 엄마가 입을 비죽거렸지만 아무 말도 하지 않았다. 유리 엄마는 수현 엄마에겐 눈길도 주지 않은 채 의미심장한 눈빛으로 나를 보더니 말없이 자리에 앉았다. 어쩐지 예감이 좋지 않았다.

담임 쌤이 입을 열었다.

"자, 이제 다 오신 것 같군요. 다들 아시겠지만 전 1학년 3반 담임 박정우입니다. 오늘 이 자리는 지난주 옥상에서 일어난 일의 구체적인 정황과 사실관계를 파악하고 앞으로 어떻게 할지 의논하기 위해 만들었습니다. 학부모님들이 보내 주신 진술서를 읽어 봤는데, 내용에 모순되는 부분이 많아서 좀……."

담임 쌤의 난감함은 어느새 이마에 송골송골 돋아나기 시작한 땀방울로도 알 수 있었다. 도대체 뭐가 어떻게 모순된다는 거지? 어제부터 내 마음을 쑤시고 돌아다니던 불안의 정체가 바로 이것이었나? 그런 내 궁금증을 풀어주기라도 하듯 엄마가 입을 열었다.

"구체적으로 어떤 부분이 어긋나는지 궁금하네요."

역시 핵심을 찌르는 엄마의 화법. 담임 쌤이 슬그머니 엄마의 눈치를 보더니 말했다.

"그게, 유리와 수현, 진오의 진술 대 별과 조이의 진술로 내용이 갈려서요."

담임 쌤의 말에 나는 너무 놀라 주위를 둘러봤다. 입을 굳게 다물고 있는 수현의 눈에선 아무것도 읽어낼 수 없었다. 유리와 진오는 결과를 다 알고 있다는 듯 득의만만한 미소를 짓고 있었다. 주위를 둘러보던 나는 별의 삼촌과 눈이 마주쳤다. 삼촌 역시 당황한 표정이었다.

"건우는 어떻게 진술했죠? 그리고 세세한 부분이란 게 구체적으로 어떤 겁니까?"

엄마는 이미 어느 정도 예상했는지 냉정한 목소리로 물었다.

"우리 건우는 어제 깨어났지만, 아직 뭘 진술하고 자시고 할 상태가 아니오. 애가 어찌나 많이 상했는지, 내 소중한 삼대독자에게 손을 댄 놈이 누군지 밝혀지면 내가 그 손모가지부터 부러뜨릴 거요!"

할아버지는 온몸을 부르르 떨며 노기 어린 목소리로 말했다.

"어쨌든 이게 다 우리 건우가 친구를 잘못 사귀어서 그런 거야. 쪼그맸을 때부터 그 시커먼 놈하고 같이 다니지 말라고 내가 그렇게 말했는데도. 할아비 말은 귓등으로도 안 듣더니, 결국 잘하던 수영까지 그만두고! 내가 속에서 천불이 나서."

건우 할아버지는 아무렇지 않게 막말을 내뱉었다.

"어르신, 자꾸 그렇게 무례한 말씀을 하시면 저도 가만있지 않을 겁니다. 건우가 우리 별이 때문에 수영을 그만두다뇨. 말도 안 되는 말씀 마세요. 우리 별이가 뭘 어쨌다고 어렸을 때부터 그렇게 막말하시는 겁니까? 지금까지는 이웃이라 참았지만 그런 인종차별적인 발언을 계속하시면 명예훼손으로 고소할 수도 있어요."

별의 삼촌이 목에 핏대를 올리며 대꾸했다. 그러자 할아버지가 벌떡 일어서서 고래고래 소리를 질렀다.

"뭐야? 그럼 고소해! 고소하라고! 내 살다 살다 이런 봉변은 또 처음일세. 어디서 근본 없는 것들이 설치고 난리야. 그 시커먼 놈이나 저 장대같이 키만 큰 여자애나 다들 아비도 없다면서? 저런 애들은 꼭 티가 난다니까."

할아버지의 저주 같은 욕설을 듣고 있으려니 화가 나기보다 어이가 없었다. 무슨 돌림노래도 아니고, 아빠나 엄마가 없는 아이는 어딘가 결핍이 있어서 엇나간다는 비난은 이제 좀 그만 듣고 싶다. 저런 습관적인 막말은 법으로 금지해야 하지 않나? 건우 할아버지와 별의 삼촌의 언쟁을 시작으로 회의실에 있는 사람들이 모두 언성을 높였다.

회의실이 시장 바닥처럼 와글와글 시끄러워졌을 때 똑똑, 노크 소리가 났다. 모두 멈칫하더니 문 쪽을 바라봤다. 곧 문이 열리고 대머리가 반질반질한 교감 선생님이 고개를 쓱 내밀었다.

"회의 중에 죄송한데 학부모님이 한 분 더 오셨어요. 회의실을 못 찾으셔서 제가 모시고 왔습니다."

부임한 지 한 달밖에 안 된 새 교감 선생님은 쓸데없는 의욕만 넘치기로 학교에 소문이 파다했다. 교감 선생님은 회의실을 쓱 둘러보다가 나와 눈이 마주치자 씩 웃더니 뒤를 돌아보며 말했다.

"아, 저기 따님이 있네요. 아버님과 어찌나 닮았는지 한눈에 알아봤습니다. 하하하."

아빠라고? 엄마와 내가 경악하며 서로 마주 봤다. 그사이에 교감 선생님의 안내를 받은 사람이 들어왔다. 회의실에 있는 사람들 모두 당황했는지 잠시 침묵이 흘렀다. 담임 쌤이 어색하게 웃으며 말했다.

"아이고. 교감 선생님, 이분은 김유리 학생의 아버지인 김태현 의원님이십니다."

교감 선생님의 얼굴과 대머리가 순식간에 불타는 고구마처럼 벌겋게 변했다. 이런 상황만 아니었다면 웃음이 터졌을 것이다.

"어이쿠, 제가 큰 실수를! 죄송합니다. 제가 부임한 지 얼마 안 돼서⋯⋯."

"아니, 교감이라는 사람이 무슨 그런 망언을 해요? 이 자리가 어떤 자리인 줄 몰라요?! 이건 실수가 아니라 작정하고 우리를 모욕하는 거잖아!"

유리 엄마가 버럭 화를 내며 일어서자, 김태현 의원이 서둘러 아내에게 가더니 팔을 토닥였다. 그리고 교감 선생님에게 돌아서서 말했다.

"늦게 온 제 잘못입니다, 교감 선생님."

그러곤 김태현 의원은 담임 쌤에게 정중히 인사했다.

"죄송합니다. 시간 맞춰 오려고 했는데, 제가 요즘 좀 바빠서."

나는 엄마를 힐끗 봤다. 엄마는 귀신이라도 본 것 같은 표정이었다. 내 기억이 맞다면 시장에서 김 의원을 우연히 본 후로 이것이 두 번째 만남일 것이다. 공교롭게도 최악의 상황에서 동창회를 하게 해서 미안, 엄마. 나는 마음속으로 엄마에게 사과했다. 그때 담임 쌤이 다시 굳은 얼굴로 말하기 시작했다.

"다시 회의를 계속하겠습니다. 아까 말씀드린 것처럼 진술이 어긋나는 부분 중 하나는 제일 먼저 폭행을 시작한 학생이 조이라는 겁니다."

뭐라고? 내가 입을 열려고 하자 엄마가 내 팔을 잡고 고개를 흔들었다. 끝까지 듣고 나서 말하라는 의미다. 나는 가빠지는 호흡을 가다듬으며 어금니를 꽉 깨물었다.

"수현이 노래 연습하는 걸 별이가 듣고 있었는데, 유리와 건우, 진오와 친구 두 명이 올라와서 잠시 이야기를 나누고 있었다고 합니다. 그런데 조이가 와서 며칠 전에 유리와 수현이 다툰 일을 시비 삼으면서 유리의 뺨을 때렸고, 그걸 별이가 말리려고 하는 과정에서 아이들끼리 시비가 붙었답니다. 그러다 별이가 옥상에 있던 막대기로 건우의 머리를 쳐서 건우가 쓰러졌고, 그걸 본 진오 무리가 별이에게 덤벼들었다고 합니다."

담임 쌤의 설명에 내 입이 떡 벌어졌다. 별이 삼촌도 마찬가지였다. 엄마가 항의하려 했을 때 담임 쌤의 말이 이어졌다.

"조이와 별이의 진술은 그와 다릅니다. 수현의 노래를 별이가 듣고 있었는데, 유리와 진오 무리가 나타나서 수현을 때리고, 그다음에 진오 무리가 별을 때렸을 때 이들을 말리는 과정에서 조이가 진오를 때렸다고 합니다. 건우는 유리와 진오를 말리려다 진오가 휘두른 막대기에 맞았고요. 조이가 먼저 유리를 때린 게 아니라 유리가 먼저 수현을 때린 후에 조이도 때렸다고 합니다."

담임 쌤은 한숨을 쉬었다. 여기까지 듣던 어른들은 모두 자기 아이의 진술이 맞다고 주장하면서 또다시 고성이 오갔다. 나는 수현을 바라봤다. 그러나 여전히 수현은 고집스럽게 날 외면했다. 너무 억울해서 눈물이 나올 것 같았지만 꾹 참았다.

무심코 김태현 의원을 봤다. 순간 시간이 멈춘 것 같았다. 김태현 의원은 이 아수라장 속에서도 오로지 한 사람만 보고 있었다. 목까지 흘러내린 검은 생머리, 고등학생의 엄마라곤 볼 수 없을 정도로 앳된 모습. 정장 속에 가려진 가녀린 어깨에 잔뜩 힘을 준 채 하나밖에 없는 딸을 지키기 위해 안간힘을 쓰고 있는 엄마. 그는 그런 엄마를 안타까우면서도 애틋한 표정으로 보고 있었다.

그러다 김태현 의원의 시선이 유리에게로 향했다. 유리를 보는 눈은 엄마를 보는 눈과 같으면서도 또 달랐다. 내가 앉은 자리에서도 너무나 생생하게 보이는 그 따뜻한 눈길을 보자 참았던 눈물이 주르륵 흘러내렸다. 그때 엄마가 내 손을 잡았다. 엄마는 슬픈 표정으로 나를 보며 잡은 손에 힘을 꾹 줬다. 나는 손등으로 눈물을 닦고 괜찮다는 듯 엄마에게 고개를 끄덕였다.

담임 선생님이 손바닥으로 책상을 탁탁 쳤다.

"모두 조용히 해 주세요. 오늘 이 자리는 진상을 파악하기 위해 모인 자리입니다. 다들 진정하시고 내 아이의 장래뿐 아니라 다른 아이들의 장래도 함께 생각해 주세요."

그 소리는 성난 부모들의 귀에 들리지 않았다. 고성이 난무하는 그때 회의실 문이 열렸다.

"이번엔 또 누구야?"

진오 엄마가 왈칵 짜증을 냈다.

20

모든 사람의 고개가 문 쪽을 향했다. 건우였다. 학교에서 비공개 회의가 열린다는 걸 뒤늦게 알고 아직 회복이 덜 됐는데도 무리해서 학교로 찾아온 것이다. 건우는 파리한 얼굴로 입을 열었다.

"제가 옥상에 올라갔을 때 유리가 수현이를 때리고 있었어요."

그 말에 회의실 안이 크게 술렁이자, 담임 쌤이 언성을 높였다.

"건우 말을 먼저 들어 보자고요."

건우는 그날 자신이 목격한 사건의 정황을 담담하게 말했다. 나는 유리와 진오의 표정을 슬쩍 살폈다. 유리는 자기 남친이 이럴 줄 몰랐다는 듯 배신감에 얼굴이 일그러졌고, 진오는 얼굴이 벌게져서는 자신을 노려보는 자기 엄마의 눈을 피하느라 애를 썼다. 이럴 줄은 몰랐겠지? 아, 정말 쌤통이다.

아무도 예상하지 못했던 건우의 출현으로 일방적으로 밀렸던 나와 별이의 진술에 크게 힘이 실렸다. 마치 한쪽으로 쑥 내려갔던 시소가 이제야 올라와 양쪽이 평평하게 균형 잡힌 느낌이었다.

애지중지하는 손자가 진오가 휘두른 막대기에 맞아서 머리를 다쳤다는 사실을 알게 된 할아버지가 격노하면서 분위기는 극적으로 바뀌었다. 결국 김태현 의원이 학교에서 이런 폭력 사태가 일어난 것에 유감을 표명했고, 다친 학생들의 치료비 일체를 자신이 부담하겠다고 하면서 일단 금전적인 문제가 해결됐다.

남은 문제와 다친 학생들이 요구하는 사과는 다음 회의에서 처리하기로 하고, 관련된 학생들 모두 학교에서 주선한 심리상담사와 개별 상담을 받기로 했다. 건우는 다시 병원으로 돌아가야 했고, 오늘 회의는 그걸로 끝났다.

나는 할아버지의 손에 이끌려 가는 건우의 뒷모습을 물끄러미 바라봤다. 건우에게 아픈데 여기까지 와 줘서 고맙다고, 문병을 가지 못한(사실은 문병 갔는데도 병실에 들어가지 못한) 이유를 말하고 싶었지만, 아무래도 오늘은 날이 아닌 것 같았다. 엄마랑 학교 밖에 세워 둔 차를 향해 걸어가고 있을 때 뒤에서 카랑카랑한 목소리가 들렸다.

"이봐, 거기!"

엄마와 내가 흠칫 놀라 돌아보았다. 유리 엄마가 우리를 노려보고 있었다. 엄마는 무의식중에 내 어깨를 감싸 안으면서 의아한 표정으로 물었다.

"거기라니, 저를 말씀하시는 건가요?"

"그래, 한조이 엄마라고 했지?"

"당신은 유리 엄마죠?"

"네 딸 관리 좀 제대로 해."

"뭐라고요?"

엄마의 얼굴이 순식간에 붉어졌다. 화가 치미는 걸 애써 참는 듯 했다. 나는 조마조마해지기 시작했다.

"지금 무슨 말을 하는 거예요? 그러는 당신이나 딸 관리 좀 하시 죠? 당신 딸이 성질 못 참고 아이들을 때리고 다녔잖아요."

"지금 뭐라고 씨부렁거리는 거야? 그건 팩트가 아니지. 아직 밝 혀진 사실이 아무것도 없는데도 우리가 치료비를 다 댄다고 했는 데, 뭐가 불만이야! 진오 그 자식 치료비가 꽤 나오겠던데, 오히려 우리한테 고맙다고 넙죽 엎드려야 하는 거 아니야? 아무튼, 내가 말 하는 관리는 그게 아니라……."

유리 엄마는 나를 힐끗 보더니 냉소를 지으며 말했다.

"너, 엄마라면서 딸이 밖에서 뭐 하고 돌아다니는지 모르지?"

"그게 무슨 소리예요?"

엄마가 물어보자, 내 심장이 너무 세게 뛰어서 죽을 것 같았다. 마음 같아선 도망치고 싶었다. 하지만 이런 하이에나 같은 아줌마

153

와 엄마만 두고 내뺄 순 없었다.

"네 딸이 우리 남편 사무실에서 알바하고 있었어. 낯익은 얼굴이
다 싶었는데 이제야 기억났지 뭐야. 머리에 피도 안 마른 게 무슨
정치에 관심이 있나 싶었는데, 알고 보니 우리 남편에게 꼬리를 치
려고 했던 거지. 내 딸을 때린 것도 모자라 내 남편 스토킹까지 하
고. 대체 무슨 속셈인지 모르겠지만 딸 간수 잘해. 내가 스토킹 죄
로 처넣기 전에. 아니면 모녀가 짜고 치는 사기극인가?"

엄마는 유리 엄마에게 뚜벅뚜벅 걸어가서 얼굴을 바짝 들이댔다.

"당신, 아까부터 왜 자꾸 반말이지? 그리고 우리 딸을 스토킹이
니 어쩌니 몰아가는데, 나야말로 가만있지 않을 거야. 당신이 말한
건 알바가 아니라 자원봉사겠지. 정치인이 선거 운동하는데, 10대
를 알바로 썼으면 선거법 위반이잖아? 스토킹보다 선거법 위반이
먼저 아닌가? 선거를 앞둔 정치인에게 그런 혐의가 생기면 아주 유
리하겠어?"

유리 엄마가 순간 멈칫했다. 엄마 말이 틀린 게 아니니까.

"아무튼 너희들, 우리 식구 근처엔 얼씬도 하지 마. 참나, 재수가
없으려니까 별 시답잖은 것들이 엉겨 붙고 난리야. 나는 경고했어."

그러더니 유리 엄마가 확 돌아서서 걸어갔다. 엄마는 그 자리에
부들부들 떨면서 서 있었다. 금방이라도 폭발할 것 같은 엄마를 보
며 나는 숨도 제대로 쉴 수 없었다. 엄마는 눈을 감고 심호흡을 몇

번 하더니 마침내 입을 열었다.

"집에 가자."

나는 고개를 푹 숙인 채 엄마를 따라갔다.

◆

"말해 봐, 네가 왜 김태현 의원 사무실을 찾아갔는지. 거기서 무슨 일을 했는데?"

엄마는 무시무시한 눈빛으로 나를 쏘아보며 물었다. 나는 마른침을 꿀꺽 삼켰다. 어떻게 이 상황을 모면해야 할지 알 수 없었다.

"한조이, 잔머리 굴릴 생각하지 마. 너 머리 돌아가는 거 다 보여. 솔직하게 말해."

나는 한숨을 쉬었다. 아무리 생각해도 그럴듯한 변명이 생각나지 않았다. 아침부터 너무 많은 일이 일어나는 바람에 뇌에 버퍼링이 걸린 것 같았다. 그냥 이참에 자백해야겠다. 이 비밀의 무게가 내 무릎을 꿇릴 정도로 무거웠다.

"그 아저씨가 궁금했어. 어떤 사람인지, 엄마랑 어떤 관계인지 알고 싶어서 찾아갔어."

엄마가 황당하다는 표정으로 나를 봤다.

"네가 그 사람이 왜 궁금해? 그리고 엄마랑 어떤 관계라니, 그건 또 뭔 소리야?"

"엄마 얼굴을 봤으니까."

"내 얼굴을 봤다고? 그건 도대체 무슨 소리야? 좀 알아듣게 말을 해."

"지난번 시장에서 엄마가 그 아저씨를 봤을 때 표정이 너무 이상했어. 마치 봐선 안 될 걸 본 그런 표정이었다고. 그러다 엄마랑 그 아저씨가 대학교 동기라는 걸 알게 됐고. 창고에서 엄마랑 아빠랑 그 아저씨랑 찍은 사진도 우연히 봤어. 난 궁금했어. 엄마는 항상 아빠 이야기만 했지, 다른 사람에 대해선 한 번도 이야기한 적 없잖아. 난 왜 항상 우리가 섬처럼 세상에서 떨어져서 살아야 하는지 이해할 수 없었어. 그래서 그 아저씨를 만나서 물어보고 싶었어."

"대체 뭐가 그렇게 궁금하다는 거야?"

엄마가 일그러진 얼굴로 말했다.

"내가 죽은 아빠 딸은 맞는 건지 궁금했다고! 아까 회의실에서도 교감 선생님이 그랬잖아. 그 아저씨하고 내가 똑 닮았다고. 대체 무슨 일이 있던 거야? 죽은 아빠가 내 친아빠가 맞긴 맞아?"

여기서 멈춰야 했다. 엄마 몰래 그런 짓을 한 건 잘못이니까. 이번 옥상 사건으로 엄마를 힘들게 한 것만으로도 충분했으니까. 하지만 멈출 수가 없었다. 마치 둑이 무너진 것처럼 내 맘속에 꼭꼭 가둬 놨던 말들이 무서운 기세로 흘러나왔다.

"난 정말 궁금했어. 부럽기도 하고. 나에게도 죽은 아빠가 아니라 유리처럼 살아 있는 아빠가 있으면 좋겠다는 생각이 들었다고. 난 너무 외로웠어. 엄마는 왜 나를 낳은 거야? 나는 엄마의 인생을 말아먹은 암 덩어리라며? 아무리 암 덩어리라고 해도 아무 생각도 감정도 없는 줄 알아? 엄마는 너무 무책임하게 나를 낳은 거 아냐?"

갑자기 엄마가 벌떡 일어나 내 뺨을 후려쳤다. 엄마에게 맞은 건 처음이었다. 엄마가 너무 미웠다. 나는 방에서 뛰쳐나갔다. 달리고 또 달렸다. 어느새 차가운 바람에 눈물이 흩날렸다.

21

쿵! 고개를 푹 숙인 채 앞도 안 보고 달려가다가 무언가에 부딪쳤
다. 전봇대같이 딱딱한 건 아니었다. 푹신하면서도 따뜻했다. 고개
를 들자 내 앞에 별이 서 있었다. 코뿔소처럼 돌진해 온 나에게 부
딪친 별이 놀란 눈으로 나를 바라봤다.

"뭐, 뭐야? 네가 왜 여기 있어?"

나는 한 발 뒤로 물러나면서 더듬거렸다.

"좀 전에 퇴원했어. 병원에선 하루나 이틀 정도 더 있으라고 했
는데 너무 갑갑해서. 바람 좀 쐬려고 나왔어."

별이 나를 찬찬히 뜯어보며 물었다.

"무슨 일 있어? 얼굴이 왜 그래? 오전에 했다던 회의 때문에 그래?"

"아니야, 그런 거. 아무것도 아니야."

나는 손등으로 얼굴을 쓱 문질렀다.

"아무것도 아닌 것 같지 않은데……."

별이 내게 가까이 다가오더니 찬 바람과 눈물에 벌게진 내 뺨과 그새 통통 부은 눈을 빤히 쳐다봤다.

"앗, 뭐야!"

지금 이 거리 너무 가깝잖아. 게다가 너무 울어서 인생 최고로 못생겨졌는데.

"가자."

그렇게 말하더니 별이 걷기 시작했다.

"어딜?"

나는 무심결에 별이와 보조를 맞춰 걸으며 물었다.

"병원에 있을 때부터 먹고 싶은 게 있었거든. 잘됐다. 퇴원 기념으로 같이 먹으러 가자."

"난 배 안 고픈데."

"잔말 말고 따라와. 옥상 대첩 동지끼리 의리 없이 이러기야?"

그 말에 놀라 고개를 들자, 별이 씩 웃으며 나를 바라봤다. 조금 전까지 펑펑 울면서 달렸던 주제에 환하게 웃는 별을 보자 대책 없이 좋았다. 나는 별이가 이끄는 대로 따라갔다. 지금 누군가와 같이 있고 싶다면, 그건 바로 별 하나뿐이다. 별은 긴 다리로 성큼성큼 걷다가 갑자기 멈춰 섰다.

나는 아무 생각 없이 따라가다가 별의 등에 얼굴을 부딪쳤다.

"으앗. 왜 그래?"

별은 말없이 목에 두르고 있던 파란 털목도리를 풀어서 내 목에 칭칭 감더니 장난기 어린 표정으로 묶었다. 너무 꽉 묶어서 순간 숨이 컥 막혔다.

"숨 막혀!"

내가 캑캑거리자 별이 픽 웃고는 목도리를 조금 느슨하게 풀어 주었다.

"어쩌다 이 추운 날 외투도 없이 나왔어? 엄마랑 싸우고 나왔어? 넌 그 나이에 촌스럽게 반항이냐?"

그제야 외투도 입지 않고 뛰쳐나온 걸 깨달았다. 아까는 달리느라 몰랐는데 얼음장 같은 바람이 스웨터 속을 사정없이 파고들었다. 별의 목도리는 따뜻하면서도 좋은 향기가 났다. 그래서 나도 모르게 킁킁 냄새를 맡았다. 그걸 보자 별이 피식 웃었다.

"넌 뭐든 강아지처럼 냄새를 맡는구나."

별이 다시 걷기 시작했다. 내 심장이 쿵쾅쿵쾅 뛰었다. 별이 가는 곳이 어디든 영원히 도착하지 않으면 좋겠다. 이대로 세상 끝까지 같이 걷고 싶다.

"다 왔다."

우리는 별이네 레스토랑 앞에 서 있었다.

"뭐야, 어디 가나 했더니 너희 가게였어?"

160

내 말에 별이 물었다.

"실망했어? 그럼 어디 갈 줄 알았는데?"

"그건 나도 모르지."

"지금 무슨 생각해? 얼굴 빨개진 거 보니 야한 생각?"

"야, 추워서 빨개진 거야!"

천연덕스럽게 나를 놀리는 별의 어깨를 찰싹 때리며 내가 말했다.

"아야!"

별이 얼굴을 찡그렸다.

"미안! 아직 다 안 나은 거야?"

나는 허겁지겁 사과했다.

"아니, 다 나았는데?"

별이 혀를 쏙 내밀어 보이고는 레스토랑 문을 열고 들어갔다.

"야! 김별!"

나는 별이를 따라 레스토랑 안으로 들어갔다.

"어서 오세요."

앞치마를 두른 별의 삼촌이 홀로 나왔다가 우리를 보고 깜짝 놀란 듯했다.

"아니, 집에 안 있고 왜 나왔어? 날도 추운데?"

별의 삼촌이 걱정스러운 얼굴로 우리를 봤다.

"삼촌이 해 주는 파스타가 먹고 싶어서. 병원에 있을 때부터 먹고 싶었어."

별이가 삼촌에게 애교 부리듯 말하자, 삼촌의 얼굴이 환해졌다.

"그랬단 말이지, 요 녀석?"

삼촌이 별의 머리를 사정없이 헝클어뜨리더니 나를 보고 말했다.

"조이 너도 잘 왔다. 오늘 힘들었지? 맛있는 거 해 줄게."

삼촌이 주방에서 요리하는 동안, 별과 나는 따뜻한 재스민차를 홀짝이며 이야기를 나눴다. 건우가 오늘 학교에 와서 우리에게 유리한 증언을 했다는 것을(물론 그게 진실이지만) 별이는 이미 알고 있었다.

"건우는 원래 착한 놈이야."

별이 그리운 표정을 짓기에, 나는 이참에 궁금했던 걸 물어봤다.

"둘이 왜 그렇게 앙숙이야? 아까 건우 할아버지 말로는 너 때문에 건우가 수영을 그만뒀다고 하시던데?"

"하하, 그 할아버지 정말 못 말려."

별이는 한숨을 쉬더니 잠시 허공을 보다가 말했다.

"초등학교 3학년 때 건우랑 처음 같은 반이 됐어. 그때까지 내게 학교는 지옥이었어. 전교생 중에 피부색이 다른 아이는 나 하나였거든. 아이들은 날 놀리고 괴롭히고 더러운 것을 보듯 피했어. 나랑 같이 있으면 피부가 까매지는 병균이 옮는다나. 내 식판에 침을 뱉고, 실내화 주머니에 우유를 부어 놓고, 책상에 깜씨라고 낙서해 놓기도 했지."

그렇지, 진오 같은 아이는 어디에나 있지. 하나의 진오를 때려눕히면 또 다른 진오가 튀어나오지. 나도 모르게 새어 나오려는 한숨을 꾹 참았다.

"그날도 혼자 급식을 먹으려는데 건우가 자기 식판을 들고 와서 내 책상에 놓더니 의자를 끌고 와서 같이 먹자고 했어. 그리고 그날부터 우리는 매일 함께 점심을 먹었지."

별은 그리운 눈빛으로 허공을 멍하니 바라봤다.

"5학년 때 건우가 수영부에 같이 들어가자고 하더라. 그래서 건우를 따라 들어갔어. 건우랑 같이하는 거라면 뭐든 좋았어. 건우 때문에 지옥 같은 훈련도 버텼고. 근데 어느새 내 기록이 건우 기록을 추월했고, 그러면서 건우가 점점 힘들어진 것 같았어. 어느 날 건우가 탈의실에 놓고 간 수영모를 갖다주려고 건우네 집에 간 적이 있었어. 대문이 열려 있어서 그냥 들어갔는데, 마루에서 건우가 할아버지한테 회초리로 맞고 있었어. 그깟 깜둥이 하나 못 이겨서 동네 창피하게 만든다고. 평소에도 나랑 같이 놀지 말라고 할아버지에게 혼나는 건 알고 있었는데, 그거 보니까 내 안의 뭔가가 툭 끊어지더라고."

별은 잠시 말을 멈췄다가 이어 갔다.

"그때부터 수영 훈련을 빠졌어. 결국 단체전에도 안 나갔고. 무책임한 짓이었던 거 알아. 건우는 이유를 모르니까 단단히 화가 났고. 난 그 오해를 풀어줄 수 없었고. 뭐, 그렇게 꼬인 거지."

이야기를 마친 별이가 다정한 눈빛으로 나를 바라보며 물었다.

"너는 왜 그랬어? 날도 추운데 그렇게 큰 눈에서 눈물을 뚝뚝 흘리면서 어딜 가고 있던 거야? 보는 사람 마음 아프게."

별의 말에 심장 뛰는 소리가 다시 귓속에 가득 찼다. 무심한 척하면서 은근히 다정한 이 멘트. 이 자식 완전 선수 아니야?

"어? 그러니까 그게 왜 그랬냐면…… 에취, 에취."

나오지도 않는 기침을 억지로 하고 있을 때, 별의 삼촌이 요리가 든 접시를 양손에 들고 다가왔다.

"오래 기다렸지? 많이 먹어."

오, 나이스 타이밍!

22

집으로 돌아가는데 마음이 자꾸 가라앉기 시작했다. 아까 그렇게 뛰쳐나간 후로 엄마가 얼마나 걱정하고 있을까? 한 달 용돈 금지라거나 핸드폰 압수라거나, 평소 사고 쳤을 때 받는 벌 정도로는 끝나지 않을 것 같았다. 무엇보다 어떻게 엄마 얼굴을 봐야 할지 몰라 힘이 없었다. 별이랑 헤어지고 나는 갈색 대문으로 다가가서 손잡이를 잡았다. 그 순간 문이 슥 열렸다.

"어라?"

내 목소리를 들었는지 자기 집 대문으로 향하던 별이가 내게 다가왔다.

"왜 그래?"

"대문이 열려 있어."

내가 말했다.

"그래? 널 위해 열어 두신 건 아닐까?"

"그럴 리가. 우리 엄마는 문단속에 진심인 사람이야."

어쩐지 혼자 들어가기가 두려워졌다. 이런 내 마음을 눈치챘는지 별이가 조심스레 물었다.

"같이 가 줄까?"

"……."

내가 아무런 대꾸도 하지 않자, 별이가 먼저 집 안으로 들어갔다. 나는 잠시 망설이다 별이를 따라 들어갔다. 불이 다 꺼져 있는 집은 절간처럼 괴괴한 침묵이 흘렀다. 이상했다. 엄마는 밖이 어두워질 때부터 집 안을 대낮처럼 밝히고 나를 기다리는데. 툇마루 쪽으로 가자 안방 문이 열려 있는 게 보였다. 온몸에 오소소 소름이 돋았다. 얼결에 별의 얼굴을 봤는데 별도 걱정스러운 표정이었다.

우리는 안방으로 들어갔다. 순간 코를 찌르는 진한 화장품과 향수 냄새가 훅 밀려와 얼굴이 저절로 찌푸려졌다. 어찌나 향이 강한지 머리가 지끈 아플 정도였다. 벽을 더듬어 스위치를 켰다가 헉 소리가 나왔다. 화장대에 있던 화장품과 향수병 들이 죄다 바닥에 산산이 부서져서 여기저기 유리 조각들이 흩어져 있었다. 그런데 엄마는 어디에도 보이지 않았다.

"엄마? 엄마! 엄마!"

나는 계속 엄마를 부르며 부엌으로 갔다. 이번에는 별이 뒤에서 나를 따라오며 "조심해!"라고 외쳤다. 조심해? 뭘 조심해? 바닥에 있는 유리 조각들? 지금 그게 중요한 게 아니잖아! 나는 대꾸도 하지 않고 부엌으로 갔다. 안방 불빛이 희미하게 비치는 식탁 옆 바닥에 희끄무레한 사람의 형체가 보였다. 엄마였다.

"엄마? 엄마!"

나는 허겁지겁 달려가 엄마를 껴안았다. 별이는 벽을 더듬어 스위치를 켰다. 팟, 소리와 함께 불이 들어왔다. 으아악! 나는 비명을 질렀다. 엄마의 머리 뒤쪽이 피로 축축했다. 고개를 들어 보니 식탁 유리의 모서리가 깨져 있었다.

"엄마! 엄마 눈 좀 떠 봐! 엄마 왜 이래?!"

나는 엄마를 부르며 울부짖었다. 그동안 별이는 핸드폰을 꺼내 어딘가로 전화했다. 갑자기 엄마와 나 그리고 세상 사이에 두꺼운 물의 벽이 쳐진 것 같았다. 물 밖의 세상에서 일어나는 일들이 흐릿하게 보였지만 아무 소리도 들리지 않았고, 아무것도 느껴지지 않았다. 나는 축 늘어진 엄마를 껴안은 채 멍하니 그 물의 벽 너머에 있는 세상을 바라봤다. 영원 같은 시간이 흐르는 것 같았다.

사이렌 소리가 나고 구급대원들이 와서 엄마를 들것에 실었다. 나는 좀비처럼 그들을 따라 구급차에 탔다. 한 구급대원이 연락할 어른이 없느냐고 물었지만, 나는 말없이 그저 고개만 저었다. 아무도 없었다. 이 넓은 세상천지에 와 달라고 부탁할 사람이 하나도 없었다. 잠시 멈췄던 울음이 다시 터졌다.

✧

　엄마는 병원에 도착하자마자 수술실로 실려 갔다. 나는 수술실 앞에 있는 파란 플라스틱 의자에 앉아 기도했다. 철저한 무신론자인 엄마의 영향을 받아 나도 무교였지만 지금 당장 떠오르는 모든 신에게 빌었다. 제발 엄마를 살려 달라고, 엄마의 마지막 기억이 나와 싸운 기억으로 끝나지 않게 해 달라고 빌고 또 빌었다. 그러다 지쳐서 눈을 감았을 때, 어깨에 뭔가 따뜻한 게 내려앉은 느낌이 들었다. 눈을 떠 보니 별의 삼촌이 내 어깨에 코트를 걸쳐 주고 있었다. 나는 떨리는 목소리로 물었다.

　"어떻게?"

　"별이 전화했어. 별이도 같이 오고 싶어 했는데, 경찰서에 가서 목격자 진술하느라 너무 늦어져서. 그리고 오늘 퇴원했는데 무리하면 안 될 것 같아서 내가 집에 있으라고 하고 대신 왔다."

　말을 마친 별의 삼촌이 두 팔을 벌렸다. 나는 멍하니 보다가 그 넓은 품에 얼굴을 묻었다. 삼촌이 나를 안고 등을 다독여 주었다. 그러자 수도꼭지를 틀어 놓은 것처럼 또 눈물이 쏟아졌다. 가까스로 울음을 그쳤을 때 삼촌이 나를 의자에 앉혔다.

"어머니는 괜찮으실 거야. 강한 분이잖아. 꼭 깨어나실 거야."

삼촌은 말 한마디 한마디 힘주어 말했다. 뭐라 대꾸할 말이 없어서 고개만 끄덕였다. 그러다 삼촌 옆에 있는 갈색 여행용 가방이 보였다.

"이 가방은 뭐예요?"

"아, 이거?"

별의 삼촌이 가방을 열어서 검은 비닐봉지를 하나 꺼냈다. 그 속에 내 운동화가 있었다.

"이걸 어떻게?"

"별이가 아까 네가 슬리퍼를 신고 구급차에 타는 걸 봤다면서 챙겨 주더라. 이건 별이 셔츠인데…… 너, 옷 갈아입어야 할 것 같다고."

삼촌의 말을 듣고 비닐봉지 밑에 있는 별의 하얀 기모 셔츠를 보다가 내 옷을 봤다. 노란 스웨터가 피범벅이었다. 삼촌이 헛기침을 하더니 이어서 말했다.

"이건 병원 1층 편의점에서 급한 대로 사 왔어. 세면용품하고 수건. 우리 집에서 쓰던 얇은 담요도 가져왔고. 오늘은 병실에서 엄마와 같이 자야 할 테니까."

"신경 써 주셔서 감사해요. 별이 챙기기도 바쁘실 텐데."

"괜찮아. 별이는 지금 집에서 훈이 삼촌이랑 같이 있어. 넌 엄마만 신경 써."

별의 삼촌은 7시간이 넘는 대수술이 끝날 때까지 같이 기다려 줬다. 수술실을 나온 의사는 몹시 피곤해 보이는 표정으로 수술 경과를 말했다. 머리 뒤쪽을 심하게 다쳐서 응급 수술을 했고, 일단 고비는 넘겼지만 앞으로 경과를 지켜봐야 한다고. 그렇게 애매모호한 말만 남긴 채 의사는 가 버렸다. 그래도, 그래도 살아 줘서 고마워, 엄마.

23

엄마가 입원한 지 일주일이 지났다. 엄마는 수술하고 나서 한때 생사의 기로를 넘나들었지만, 이제는 상태가 안정됐다. 그래도 여전히 물레 바늘에 찔려 잠든 동화 속 주인공처럼 깨어나지 않았다. 작정하고 그동안 쌓인 피로를 풀려는 것처럼 끝없이 잤다.

수술 다음 날 곰처럼 거대한 체구와 어울리지 않게 얼굴이 하얗고 곱상하게 생긴 송진우라는 형사가 진술을 받으러 병실로 찾아왔지만, 난 별로 할 말이 없었다. 나 역시 별이랑 쓰러져 있는 엄마를 발견한 것뿐이니까. 사건 현장은 나와 별이 들어가고, 그 후에 구급대원들이 와서 엄마를 실어 가느라 제대로 보존되지 못했다고 했다. 안방은 화장품만 박살 난 게 아니라 옷장에 있던 옷들 모두 바닥에 흩어져 있는 걸로 봐서 경찰은 일단 강도 사건으로 조사하는 모양이었다. 그래서 백곰 형사와 같이 집에 가서 없어진 물건이 있는지 찾아봤다.

우리 집에는 강도가 욕심낼 만한 물건이 없다. 엄마에겐 그 흔한 명품 가방 하나 없으니까. 나는 자꾸만 사방으로 흩어지려는 정신을 붙들고 집을 샅샅이 확인했고, 그러면서 엄마의 낡은 맥북과 지갑이 사라졌다는 걸 알았다. 고작 그거 가져가려고 사람을 그렇게 다치게 했다고? 뭔가 앞뒤가 맞지 않았지만, 오래 생각할 여유가 없었다. 엄마에게 원한을 가질 만한 사람이 있는지 백곰 형사가 물었다. 그러나 아무도 떠오르지 않았다.

엄마는 수술한 지 2주가 지나도록 계속 의식을 찾지 못했고, 나는 혹시라도 엄마가 깨어나서 나를 찾을까 봐 그 옆을 지켰다. 별은 매일 학교 끝나고 병원에 와서 내 옆에 가만히 앉아 있다 갔다. 서로 별말을 하지 않아도 별이 옆에 있어 주는 것만으로도 위로가 됐다. 수현에게서 여러 통 전화가 걸려 왔지만 받지 않았다. 지금은 아무와도 말하고 싶지 않았다. 사람이 싫었다. 아니, 내가 제일 싫었다. 내가 엄마를 지켰어야 했다. 엄마가 그렇게 무서운 일을 겪고 있을 때, 나는 별과 웃으면서 저녁을 먹고 있었다니. 어렸을 때부터 죽어라 태권도며, 합기도며, 킥복싱까지 배우면 뭐 하나? 가장 중요한 엄마를 지키지 못했는데. 나는 나를 용서할 수 없었다.

"조이야."

멍하니 엄마를 보고 있는데, 별이가 나를 불렀다. 나는 고개를 돌려 별을 바라봤다.

"응?"

"집에 가서 좀 쉬어."

"괜찮아."

나는 다시 엄마에게로 고개를 돌렸다.

"너 괜찮지 않아. 아니, 많이 안 괜찮아."

나는 의아한 표정으로 별을 바라봤다.

"요즘 너는 너에게 벌을 주고 있는 것 같아. 네가 먹지도, 자지도 않는다고 해서 어머니가 깨어나시진 않아. 가서 좀 쉬어. 너 지금 방전되기 직전이야."

"엄마를 혼자 두고 갈 순 없어."

"내가 있을게. 나랑 밤에 교대하면 되잖아. 옷도 좀 갈아입고."

나는 옷도 언제 갈아입었는지 모르는 내 모습을 살펴봤다.

"그럼, 가서 샤워만 하고 옷 갈아입고 올게."

나는 병실을 나와서 2층 에스컬레이터를 타고 1층 로비로 향했다. 사람들이 붐비는 로비에서 검은 양복을 입은 탄탄한 몸매의 남자가 걸어오는 게 보였다. 얼핏 보기에 이훈 보좌관 같았다. 왜 병원에 왔지? 별이를 보러 온 건가?

집에 가는 버스를 타려고 버스 정류장에 서 있는데 가방에서 핸드폰이 울렸다. 핸드폰을 꺼내 보니 모르는 번호가 떠 있었다. 받지 않으려 했지만, 벨은 끈질기게 울렸다. 나는 한숨을 쉬며 수신 버튼을 눌렀다.

"여보세요? 한조이 씨 핸드폰인가요?"

"그런데요?"

"아, 드디어 통화가 됐네요. 이복순 씨 일로 연락드렸어요."

"이복순 씨요? 모르는……."

모르는 사람이라고 하려다 문득 생각이 났다. 할머니 성함이 이복순이라는 걸.

"무슨 일이세요?"

잠시 침묵이 흘렀다. 나는 전화를 끊어 버리고 싶은 걸 참고 기다렸다.

"이복순 씨 상태가 안 좋으셔서요. 요즘 부쩍 기력이 없으시고 잠도 못 주무세요. 눈치가 따님을 기다리시는 것 같아요. 비록 알아보시진 못하지만."

나는 아무 대꾸도 하지 않았다.

"한정연 씨가 본인에게 연락이 안 되면 따님인 한조이 씨에게 연락하라고 전화번호를 남기셨어요. 손녀분이라도 좀 와 주셨으면 해요."

"아, 네."

나는 아무 감흥 없이 대꾸했다. 엄마가 깨어나지 못하고 있는 판국에 치매로 정신 나간 할머니 따위 보고 싶지 않았다. 그것도 나라는 존재 자체를 싫어하는 할머니는 더더욱. 나는 입술을 잘근잘근 씹으며 고민하다가 지금 가겠다고 하고 전화를 끊었다.

✧

한빛 요양병원 접수처에 있는 간호사의 안내를 받아 병실로 향했다. 할머니를 볼 생각을 하니 한숨이 절로 나왔다. 미워할 이유만 차고 넘치는 할머니와 이런 식으로 대면하고 싶진 않았는데.

문 너머로 창가 쪽 침대에 앉아 밖을 바라보고 있는, 작고 가녀린 몸매의 할머니가 보였다. 할머니는 새하얀 머리를 동그랗게 자르고 흰색 바탕에 파란색 줄무늬 환자복을 입고 있었다. 단단히 마음먹고 문을 열었다. 드르륵. 문이 열리는 소리에 할머니가 고개를 돌렸다가 나와 눈이 마주쳤다. 하지만 이내 다시 창밖을 바라봤다. 순간 이대로 나가 버리고 싶었지만 꾹 참고 할머니에게 다가갔다.

"저 누군지 아시겠어요?"

내가 묻자, 할머니는 나를 슬쩍 돌아보더니 대꾸했다.

"간호사 처녀잖아. 뭘 묻고 그래?"

치매라는 게 이런 건가. 차라리 다행이다 싶은 마음이 들려는 차에 할머니가 말을 이었다.

"그날도 이렇게 추웠어. 택시비 몇 푼 아낀다고 아파트 단지 안을 몇 번이나 돌았는지 몰라. 서울 아파트는 다 똑같이 생겨서 찾느라고 어찌나 애를 먹었는지."

할머니의 말에 심장이 철렁했다. 그날이라니. 서울 아파트? 설마? 실꾸리처럼 사정없이 엉켜 있을 할머니의 머릿속에서 느닷없이 삐져나온 저 실은 대체 어디로 이어질까? 가까이에서 본 할머니의 얼굴은 한때 단정하고 고왔을 외모의 흔적만 남은 채 주름으로 쪼글쪼글했고, 작은 몸집은 세월의 무게에 눌려 쪼그라든 것 같았다.

"그날…… 그날 내가 너무 모진 말을 했지 싶어. 그게 평생 여기 걸려서……."

할머니는 앙상한 손으로 가슴을 문지르다가 다시 말했다.

"사과하고 싶어도 당최 만날 수가 없으니."

그날이라고? 그날 모진 말을 했다고?

"그날 뭐라고 하셨는데요?"

나도 모르게 목소리가 조금 커졌다. 목소리에 서린 독기에 할머니는 나를 빤히 바라봤다. 심장이 쿵쿵거렸다. 마침내 나를 알아보신 걸까? 내게 또 욕을 하시려나? 어서 썩 꺼지라고 하실까? 그때 할머니가 한숨을 쉬며 말했다.

"애가 들어서서 낳겠다고 하는데, 예감이 불길했어. 죽고 못 살던 애인이란 놈이 그렇게 가 버렸는데 홀몸으로 아이를 낳겠다니. 그것만으로도 머리끄덩이를 잡고 말릴 수밖에 없는데, 어쩐지 그게 민우 아이가 아닌 것 같더란 말이지. 민우 부모님이 전주에서 알아주는 부자였으니, 손주가 생겼다고 하면 두 손 들고 반겼을 텐데. 한사코 민우 부모님께 알리지 않겠다더라고. 그 순간부터 불길했어. 그런데 그때 난, 너무너무 무서워서 누구 자식이냐고 묻지도 못했어."

갑자기 머리가 빙빙 돌고 호흡이 가빠졌다. 별이 말대로 나흘 동안 잠도 못 자고, 제대로 먹지도 못했던 여파가 이제 거센 파도가 되어 밀어닥치고 있는 것 같았다. 거대한 고래 같은 파도가 나를 집어삼킬 것만 같았다. 나는 간신히 침대 가드를 붙잡고 자꾸 흐려지는 정신을 붙잡았다.

"그래서 이제는 누구 아인지 알아요?"

나는 떨리는 목소리로 물었다.

"그 아이 얼굴을 본 순간 왜 딸아이를 죽자고 따라다니던 키 크고 싱거운 놈이 떠올랐는지 몰라. 딸이 언젠가 친구 만나러 간다고 나갔다가 송장 같은 몰골로 새벽이 되어서야 돌아온 적이 있었어. 그리고 내리 사흘을 앓아누웠지. 지금 생각해 보니 그때 그 아이가……."

"그만! 그만해!"

나는 할머니에게 덤벼들면서 소리를 질렀다.

"아니야, 그럴 리 없어. 그럴 리 없다고! 그런 거 아니야!"

내가 소리를 지르자 간호사들이 달려왔다. 간호사들이 할머니의 시든 두 팔을 움켜쥐고 사정없이 흔드는 나를 떼어 내느라 일대 소동이 일었다. 놀란 할머니는 두 손을 싹싹 빌면서 "간호사 언니, 미안해" 하고 흐느껴 울었다.

나는 간호사들에게 등 떠밀려 병실에서 나왔다. 그리고 무작정 집까지 걸었다. 칼바람이 세차게 불어왔지만 하나도 춥지 않았다. 걸어가는데 그날 그 시장에서 김태현 의원을 우연히 본 엄마의 표정이 생생하게 떠올랐다. 이제야 알겠다. 그건 단순한 놀라움이 아니었다. 그건 경악이었고, 두려움이었고, 증오였고, 원한이었다. 이제 알았다. 다른 여자아이들이 분홍색 투투 스커트를 입고 발레를 배울 때 내가 흰색 도복을 입고 태권도를 배워야 했던 이유를. 성적이 떨어지는 건 괜찮았지만 도장을 빼먹으면 엄마가 불처럼 화내던 이유를. 이제는 이해할 수 있었다. 통금 시간인 10시에서 조금만 넘겨도 히스테릭하게 소리를 지르던 엄마를. "네 몸은 스스로 지킬 수 있어야 한다"고 지치지도 않고 말하던 엄마를.

2시간이나 걷고서야 집에 도착했다. 집에 오자마자 침대 밑 옷장 서랍에 숨겨 둔 소주병을 꺼내 단숨에 비웠다. 그래도 심장이 찢어질 듯한 고통은 가시지 않았다. 나는 부엌으로 가서 엄마가 요리

용으로 사 둔 소주 됫병을 꺼내 마셨다. 독처럼 쓰고 불처럼 뜨거운 소주가 빈속으로 콸콸 들어갔다. 딱딱하게 얼어 버린 온몸을 알코올이 속에서부터 활활 태우는 것 같았다. 어느 순간 아가리를 벌린 어둠이 나를 꿀꺽 삼켰다.

24

"엄마, 물! 물 좀 줘. 엄마 물 좀 달라니까!"

나는 눈을 감은 채 갈라진 목소리로 엄마를 불렀다. 머리가 너무 아파 눈을 뜰 수조차 없었다. 눈꺼풀 위로 환한 빛이 느껴지는 걸 보니 밤은 아닌 것 같았다. 지금은 아침인가? 점심인가? 그나저나 엄마는 왜 대답을 안 하는 거야?

감은 눈 위로 그늘이 지는 게 느껴졌다. 뭐지? 눈을 번쩍 떴다. 별이 나를 내려다보고 있었다. 이건 꿈인가? 별이가 왜 여기 있지? 여긴 어디야? 가만, 지금 몇 시야? 엄마는! 벌떡 일어나 앉으려는데, 순간 거대한 두통과 현기증이 찾아왔다. 수박을 두 쪽으로 쩍 가르는 것 같은 악랄한 두통이었다.

"갑자기 움직이지 마. 너 지금 머리도 아프고 어지러울 거야."

별이 말했다.

"너, 별 맞아?"

"그럼 내가 뭐로 보여?"

별이 조금은 장난기 어린 얼굴로 대답했다.

"어떻게 들어왔어?"

"전화를 아무리 해도 연락이 안 돼서 와 봤는데 대문이 열려 있더라고. 너 너무 피곤했나 봐. 문단속도 제대로 못 하고. 쓰러지기 전에 술도 거하게 드시고?"

별의 시선이 방바닥을 향했다. 나도 그곳을 바라봤다. 거기에는 크기가 다른 소주병 두 개가 나란히 세워져 있었다. 반갑지 않은 기억이 떠올랐다. 요양병원에서 할머니를 만났던 일. 회색 거리를 하염없이 울면서 걸어가던 나. 죽고 싶다는 생각이 밀려왔다.

"지금 몇 시야? 엄마는? 내가 이러고 있을 때가 아닌데."

일어나려는 내 어깨를 별이 지그시 잡고 다시 침대에 앉혔다.

"걱정하지 마. 지금 병원엔 수현이가 있어."

"수현이가? 걔가 왜?"

냉기가 서린 목소리가 튀어나왔다. 내가 왜 그러는지 별이가 알아차린 듯 말했다.

"수현이가 계속 연락했는데 네가 전화를 안 받았다며? 어제 병원에 찾아왔어. 집에 갔다고 하니까 너 올 때까지 기다린다 하더라고. 너 핸드폰도 꺼져 있고 병원에도 안 와서 어떻게 하지 싶었는데, 수현이가 어머니 옆에 있을 테니 너한테 가 보라고 하더라. 오늘은 토요일이니 괜찮다고. 조이야…… 수현에게도 말 못 할 사정이 있었을 거야."

별의 말을 듣자, 평소에 엄마가 하던 말이 생각났다. 누구에게나 자기만의 사정이 있다는 말. 엄마 생각을 하자 다시 울컥했다. 그러자 별이 내 얼굴을 보고 당황한 듯했다.

"또 울려고?"

"또?"

"집에 와 봤더니 네가 자면서도 울더라. 엄마에게 계속 미안하다고 하면서."

"꿈인 줄 알았는데……."

"조이야."

나는 별을 멍하니 바라봤다.

"나한테 말해 줄래?"

"응?"

"네가 그렇게 힘들어 하는 이유. 죽어 버릴 것처럼 술을 마신 이유. 자면서 울었던 이유를 말해 줄래?"

나는 별의 눈을 봤다. 세상 무해한 눈. 나를 돕고 싶다는 선의로 가득 찬 눈. 자기 몫의 고통을 알아 버린 눈. 그 눈을 보자 난생처음 믿고 싶었다. 엄마가 아닌 다른 사람을. 내 어깨를 짐처럼 짓누르는 이 묵직한 고통을 잠시 내려놓고 싶었다. 그 짐을 받아 주는 사람이 별이면 좋을 것 같았다.

"목말라."

"당연히 마르겠지. 그렇게 퍼마셨으니."

별이 책상 위에 올려 둔 물병과 컵을 가져다주었다. 나는 물병째 들고 벌컥벌컥 물을 마셨다. 차가운 물이 배 속으로 흘러 들어가자 머릿속에서 쩡 소리가 나는 것 같았지만, 이제는 별을 마주 보고 이야기할 차례였다.

✦

"그랬구나."

긴 이야기를 다 들은 별이가 속내를 가늠하기 어려운 표정으로 말했다. 나는 그 얼굴을 보며 속으로 말했다. 제발 너에게 말한 걸 후회하지 않게 해 줘. 제발 섣불리 위로하려 하지 마.

"우리 처음 만났던 날 기억나?"

별의 느닷없는 질문에 잠시 멍해졌다.

"뭐?"

"우리 놀이터에서 처음 만났던 날."

"당연히 기억하지."

"그때 내가 왜 울고 있었는지 넌 한 번도 묻지 않았지."

별이 담담한 표정으로 나를 바라봤다.

"너에게도 이유가 있을 테니까."

나는 별의 눈을 피하며 말했다.

"그때 나는 10년 만에 엄마를 보러 뉴욕에 가기로 했었어."

그 순간 별이 뉴욕으로 현장학습 갔다는 담임 쌤의 말이 떠올랐다. 아하, 뒤늦게 깨달음이 찾아왔다.

"그런데 출국 전날 엄마가 갑자기 회사에 일이 생겼다고 전화했어. 바쁘니까 오지 말라고. 그런 식으로 엄마를 만나지 못한 게 벌써 세 번째야."

"그랬구나……."

"우리 엄마랑 아빠는 파티에서 만나 뜨겁게 사랑했다던데, 지금 난 아빠가 어느 나라에 사는지도 몰라. 어쩌면 엄마도 나를 만나기 두려워서 계속 피하는 걸지도 모르지."

별의 갑작스러운 고백에 나는 아무 말도 할 수가 없었다.

"지금 너랑 불행 배틀을 하자는 건 아니야. 다만, 너에게 속지 말라는 말을 하고 싶어."

"속지 말라고?"

"세상이 만들어 낸 거짓말. 아이들은 다 아빠와 엄마가 사랑해서 만들어진 소중한 생명이라는 거짓말. 사랑은 개뿔."

말수가 적고 온순하기만 한 별의 입에서 그런 거친 말이 튀어나오자, 그만 웃음이 나왔다.

　"그래, 웃어. 그런 거짓말에 마음 다치지 말고, 그런 거짓말에 삶의 의미를 붙이지도 마. 조이 넌 지금 엄마와 아빠가 깊이 사랑해서 생긴 아이라는 믿음이 깨져서 괴로운 거잖아. 네 존재 자체가 부정당한 거 같고. 네가 엄마를 불행하게 만든 원흉 같아서 미안하고. 나도 그랬어. 하지만……."

　별은 잠시 말을 멈췄다. 나는 숨을 죽이고 다음 말을 기다렸다.

　"그건 어른들의 사정이지 태어난 우리의 잘못이 아니잖아. 세상이 부모의 사랑이라는 초대장을 가진 아이들만 들어오는 파티도 아니고. 아빠나 엄마나 혹은 둘 다 없다고, 가난하다고, 뚱뚱하다고, 못생겼다고, 공부 못한다고 입장을 거부하는 파티 같은 건 우리가 먼저 거절하자."

　별의 표정을 보자 마음이 아팠다. 그건 대답이 돌아오지 않는 세상에 묻고 또 물었던 사람만이 지을 수 있는 표정이었다.

25

"나 있지, 엄마가 날 싫어하는 거 같아서, 날 계속 거부하는 거 같아서 손목을 그었던 적이 있어. 그때 처음으로 삼촌이 울더라. 그러곤 내 손목에 붕대를 감으며 말해 줬어. 내가 있어서 삼촌도 지금까지 살 수 있었다고. 삼촌은 영원히 내 편이라고. 이제는 내가······ 네 편이 되고 싶어."

벨벳 담요처럼 보드라운 적막이 우리를 감쌌다. 내가 별의 손목을 잡자, 별이 의아한 표정으로 나를 바라봤다. 나는 별의 오른쪽 셔츠 소맷자락을 밀어 올렸다. 거무스름한 별의 손목 안쪽에는 하얗게 바랜 가늘고 긴 흉터가 있었다. 나는 검지로 별의 흉터를 천천히 쓸었다.

"궁금했어. 이 흉터는 뭘까 하고. 이야기해 줘서 고마워."

내가 말했다.

그래, 별에게 삼촌이 있는 것처럼 내겐 엄마가 있다. 아빠가 누군지, 내가 어떻게 태어났는지 그게 뭐가 그렇게 중요하겠어? 중요한 건 엄마가 처음부터 끝까지 내 옆에서 날 지켜줬다는 사실이다. 그리고 무엇보다…… 엄마는 언제나 나를 사랑한다는 거다. 그 누구의 아이도 아닌, 그저 엄마의 아이로. 그걸 생각하자 다시 눈물이 날 것 같았다.

"그건 그렇고, 요즘 거울 본 적 있어?"

장난기 어린 별의 말에 흠칫 놀라 욕실로 들어가서 거울을 봤다. 며칠 동안 병실에 딸린 작은 화장실 겸 욕실에서 세수만 하다 보니 머리가 사정없이 떡이 져 있었다. 겨드랑이를 들어 올려 킁킁 냄새를 맡았다. 순간 어젯밤에 들이부은 소주 냄새까지 순식간에 올라와 구역질이 났다. 으악. 이부터 닦아야겠다는 생각에 세면대로 고개를 돌렸다. 어라? 칫솔이 없다. 연핑크색인 내 칫솔과 하얀색 엄마 칫솔 두 개 다 없었다. 주기적으로 칫솔을 교체하는 엄마가 마침 사고가 일어난 날 칫솔을 바꾼 걸까? 그렇다면 새 칫솔이 꽂혀 있어야 하는데. 나는 고개를 갸웃거리며 욕실 수납장에서 새 칫솔을 꺼내 다시 컵에 꽂았다. 연핑크와 흰 칫솔 두 개. 그리고 엄마가 얼른 퇴원해서 새 칫솔을 쓸 날을 바랐다. 깨끗하게 샤워를 하고 젖은 머리를 드라이어로 말리고 있는데, 노크 소리가 들렸다. 문을 열자 별이 핸드폰을 내밀었다.

"전화가 자꾸 오는데, 받아 봐."

"여보세요?"

"한조이 양인가요?"

"맞는데요."

"송진우 경사예요."

"아, 형사님."

백곰 형사였다.

"무슨 일이세요? 혹시 범인이 잡혔나요?"

내 말에 별이 눈을 동그랗게 뜨고 나를 바라봤다.

"그게, 지금 경찰서로 와 줄 수 있나요?"

형사 아저씨는 전화로 말하기가 좀 그렇다며 만나서 얘기하자고
했다. 나는 별과 같이 택시를 타고 경찰서로 갔다. 경찰서 밖에서
기다리고 있던 백곰 형사는 나를 보고 고개를 끄덕이다가 별을 보
고는 얼굴이 굳어졌다. 별과 내가 인사를 하고 안으로 들어가려고
하자, 형사가 우리를 제지하며 물었다.

"한조이 양, 아니 조이라고 불러도 될까?"

"그럼요. 편하게 부르세요."

"오늘은 조이만 들어가는 게 좋을 것 같아. 넌 김별이지?"

백곰 형사가 별이 이름까지 기억하고 있어서 놀랐다. 별도 놀란
눈치였다.

"사건 관련 용의자가 체포됐거든. 지금은 조이만 들어가는 게 좋을 것 같아. 별이는 여기까지만."

백곰 형사는 한 팔을 들어 보이며 별이를 막아섰다. 나는 별에게 고개를 끄덕여 보였다.

"오늘 고마웠어. 너도 집에 가 봐. 삼촌들이 걱정하시겠어."

"그래, 무슨 일 있으면 전화하고."

별은 돌아섰다가 다시 고개를 돌려 나와 백곰 형사를 바라봤다. 걱정과 의혹이 섞인 표정이었다. 그런 별에게 손을 흔들어 주고 백곰 형사를 바라봤다.

"범인이 잡혔나요?"

"범인은 아니고 용의자."

백곰 형사는 말을 아꼈다.

"왜요? 아직 확실하진 않아요?"

좀체 입을 열지 않는 백곰 형사를 보자 불길한 예감이 들었다.

"혹시 제가 아는 사람인가요?"

"아까 그 김별이란 아이, 그 아이에게 삼촌이 둘 있다고 했니?"

"한 명은 친삼촌이고, 다른 삼촌은 피는 안 섞였지만 친삼촌이나 다름없다고 했어요."

갑자기 어떤 끔찍한 예감에 등골이 오싹해졌다.

"설마 범인이?"

백곰 형사는 굳은 얼굴로 내 팔을 잡았다.

"날도 추운데 일단 들어가서 이야기하자."

◇

백곰 형사는 나를 자신의 책상 앞 등받이 없는 의자에 앉히고는 자판기에서 밀크커피를 한 잔을 뽑아다 줬다. 나는 따뜻한 종이컵을 두 손으로 감싸 쥐었다. 그 순간 나 자신이 떨고 있다는 사실을 비로소 깨달았다.

"줄 게 이것밖에 없어서. 커피 마시니?"

나는 친절하게 말하는 백곰 형사의 입술만 바라보다가 입을 열었다.

"용의자가 누구예요? 혹시 제가 아는 사람인가요?"

백곰 형사의 표정이 갑자기 묘해지더니 하얗게 껍질이 일어난 입술을 살짝 핥으며 멈칫했다. 그걸 보니 무능하고 게으른 형사라고 속으로 욕했던 게 미안해졌다. 그도 나름 열심히 수사하고 있었던 거다.

"사건 현장이 제대로 보존되지 않았던 건 너도 알지? 그래도 우리 과학수사 팀이 열심히 지문을 채취했는데, 너희 집 창고 문에서 지문이 나왔어."

"창고요?"

나는 창고라는 말에 아연할 수밖에 없었다.

"누구 지문인데요?"

"그게…… 이훈 보좌관이야. 아까 김별 학생과 같이 사는 사람."

백곰 형사의 말을 듣는 순간 머릿속에 거대한 징이 울리는 것 같은 충격이 느껴졌다. 어제 병원 로비에서 얼핏 본 사람이 정말 이훈 보좌관이었을까? 그렇다면 왜?

"이훈 보좌관이 너희 집에 찾아온 적 있니? 그 사건이 일어나기 전에?"

백곰 형사는 내 표정을 찬찬히 살피며 물었다.

"아뇨. 한 번도 없어요. 다만."

그때 우리 집에서 쓰러진 엄마를 발견했을 때 별이가 전화를 걸었던 게 기억났다. 별은 제일 먼저 이훈 삼촌에게 전화를 걸었다. 승헌 삼촌은 레스토랑에 있어서 어차피 오기 어려웠으니까. 그때 이훈 삼촌은 마침 집에 있었다며 놀랄 정도로 빠르게 나타났다. 당시에 나는 옆집에 사니까 당연히 빨리 온 거라고 생각했는데.

"하지만 이훈 아저씨가 왜? 그럴 이유가 없잖아요."

이해할 수 없는 분노가 치솟아 백곰 형사의 팔을 붙들고 항의하다시피 말했다. 자원봉사를 하고 싶다며 무작정 찾아온 나를 표나지 않게 챙겨 주던 이훈 보좌관의 모습이 떠올랐다. 믿기지 않았다.

아니, 믿고 싶지 않았다.

"창고 문 말고도 대문 손잡이에도 미세하게 지문이 남아 있었어. 좀 전에 경찰서로 연행해서 조사했는데, 도통 입을 열지 않더군."

백곰 형사는 한숨을 쉬더니 얼굴을 두 손으로 벅벅 문질렀다. 그의 얼굴에서 피곤이 묻어났다.

"혹시 이훈 보좌관과 네 어머니 사이에 무슨 일이 있었는지 아니? 두 사람이 아는 사이였을 가능성은?"

백곰 형사의 물음에 나는 고개를 절레절레 흔들었다. 뭐가 뭔지 알 수 없었다. 정말 이훈 아저씨가 엄마를 밀어서 식탁에 머리를 부딪치게 하고, 안방을 난장판으로 만들었다고? 대체 뭣 때문에? 뭘 위해서? 승헌 삼촌의 얼굴이 떠올랐다. 별의 얼굴도. 내가 엄마를 사랑하는 것처럼 이훈 아저씨를 사랑하는 두 사람. 내 편이 되어 주겠다는 두 사람에게 앞으로 닥칠 고통이 떠올라 괴로웠다.

26

엄마가 깊은 잠에 빠져든 지 3주, 이훈 보좌관이 경찰에 연행된 지 사흘이 지났다. 경찰서에 다녀온 이후로 별이는 더 이상 병원에 오지 않았다. 당연했다. 별과 승헌 삼촌은 이해할 수 없는 그 상황을 받아들이려 애쓰고 있을 테니까. 범인이 정말 이훈 보좌관이라면 어떤 얼굴로 나를 봐야 할지 알 수 없을 테니까. 나는 그 어느 때보다 외로웠다. 내 편이라면서. 내 편이라면서 전화 한 통 없는 자식. 나쁜 자식. 다 이해하면서도 울리지 않는 핸드폰을 보고 있으면 화가 났다.

하지만 외롭다고, 괴롭다고, 슬프다고 일상을 멈출 순 없었다. 나는 누워 있는 엄마의 몸을 따뜻한 물수건으로 닦고, 시간 맞춰 엄마의 자세를 바꿔 주었다. 그리고 점심이면 혼자 병원 1층에 있는 편의점으로 가서 차가운 생수와 함께 삼각김밥을 우적우적 씹어 먹었다. 밤이면 엄마 침대 옆에 있는 좁고 낮은 침상 위에 누워 담요를 덮고 오지 않는 잠을 청했다.

그러던 어느 날 밤, 아무리 뒤척여도 잠이 오지 않아서 슬리퍼를 신고 복도로 나갔다. 나는 좌우로 갈라진 병실들 사이에 있는 휴게실로 가서 노란 인조 가죽 소파에 앉았다. 그곳에는 나처럼 잠을 이루지 못하는 간병인 두엇이 앉아 있었다. 남편을 간호하는 아주머니는 검은 털실로 모자를 뜨고 있었고, 노모를 간호하는 남자 대학생은 책을 읽고 있었다. 나는 창밖으로 보이는 어둠을 멍하니 바라보다가 겨우 일어나 다시 병실로 향했다. 어떻게든 지금 눈을 붙이지 않으면 다음 날은 몇 배로 더 힘들어질 테니까.

병실 문 앞에 섰을 때 나는 순간 멈칫했다. 엄마의 침대 앞에 한 사람이 서 있었다. 훌쩍 큰 키. 검은 양복. 뒷모습이었지만 등에서도 감정이 느껴졌다. 슬픔, 미안함, 참담함. 그의 어깨가 살짝 떨리고 있었다. 갑자기 화가 머리끝까지 솟구쳤다. 나는 뚜벅뚜벅 걸어가서 그의 등을 힘껏 밀쳤다.

"여기가 어디라고 와요!"

나는 나직하게 말하며 그를 노려봤다. 나의 기습에 놀랐는지 그가 나를 보더니 아아, 하고 탄식했다. 그러곤 고개를 푹 숙였다.

"아저씨 뭐예요? 여기가 어디라고 와요? 아저씨는 우리 엄마 보러 올 자격 없어요. 어서 꺼져요."

분하게도 눈물이 났다. 나는 손등으로 눈밑을 슥 문지르며 주먹을 쥐었다. 그는 말없이 나를 내려다봤다. 입가에 살짝 경련이 이는 게 보였다.

"미안하다. 좀 더 일찍 와 봤어야 했는데. 정연이는, 정연이는 깨어날 거야."

"그러고 보니 엄마 병실을 바꾼 게 아저씨였어요? 특실로 바꿔 주면 뭐 고맙다고 할 줄 알았어요? 이렇게 도둑처럼 찾아오려고 바꾼 거예요? 정말 끝까지 이기적이야. 어서 나가요! 어서 가라고! 아저씨가 온 걸 알면 엄마가 경기를 일으킬 거야. 아저씨가 어떤 사람인지 알았다면, 나는…… 나는……."

더는 말할 수 없었다. 입을 열었다간 죽을 때까지 후회할 말이 나올 것 같았다. 그래서 피가 나올 정도로 입술 안쪽을 꽉 깨물었다. 입을 열면 아저씨가 누구인지 몰랐을 때 친해지고 싶다고 생각했던 적도 있었다는 말이 나올 것 같아 무서웠다.

아저씨는 마치 날카로운 창에 가슴을 찔린 것 같은 표정으로 내가 퍼붓는 말을 묵묵히 듣고 있었다. 상관없다. 더 아프게, 더 고통스럽게 만들어 주고 싶었다. 여기가 병원만 아니라면 실컷 패 주고 싶었다. 나는 그를 증오했다. 죽이고 싶을 정도로 증오했다. 아저씨가 천천히 돌아서서 문을 향해 가더니 곧 멈춰 섰다. 그러곤 고개를 돌리며 조용히 말했다.

"난 몰랐다. 정연이가 사라져 버려서……. 오랫동안 정연이를 찾았어. 난, 난 정말 몰랐다."

어깨 끝이 가늘게 흔들리고 있었다. 울고 있는 거겠지. 우리는 그렇게 아무 말도 하지 않은 채 서 있었다. 그러다 그는 문을 열고 나갔다.

오늘 아침 핸드폰으로 봤던 기사가 떠올랐다. 후보 경선에 나가는 김태현 의원이 그를 향해 환호하는 지지자들, 밉살스러운 부인에 둘러싸여 활짝 웃고 있었다. 이훈 보좌관에 대한 언급은 그 어느 기사에서도 보이지 않았다. 그의 처가가 무천시에서 날아가는 새도 떨어뜨리는 권력가라더니 정말 그런 모양이었다. 권력이란 이런 건가. 면회 시간도 아닌데 병실을 찾아올 수 있을 정도의 권력. 수족처럼 부리던 사람이 체포됐는데도 세상의 입을 모조리 다물게 할 수 있는 권력. 나로서는 상상도 할 수 없는 그 경이로운 권력. 그때 불쑥 칫솔 두 자루가 떠올랐다. 마치 깊은 물속에 잠겨 있다가 누군가 흙탕물을 휘젓는 바람에 수면으로 둥둥 떠오른 것처럼. 그 칫솔들이 내 머릿속 한구석을 쿡 찔러 왔다. 사건이 일어났던 그날, 어쩌면 집에서 없어진 건 엄마의 낡은 노트북과 지갑만이 아니었는지도 모른다. 어쩌면 범인이 가져가려던 건…… 나는 핸드폰을 꺼내 통화 버튼을 눌렀다.

"여보세요."

전화벨이 다섯 번이나 울린 후에야 상대는 전화를 받았다.

"여보세요. 저…… 조이예요."

"아, 조이구나."

잠시 침묵이 흘렀다.

"어쩐 일이니?"

"오늘 최대한 빨리 이훈 보좌관님에게 면회를 가 보세요."

전화기 너머로 한숨 소리가 들려왔다.

"이미 여러 번 갔지만 그 친구가 내 면회를 계속 거절했어."

"오늘은 가서 칫솔 이야기를 하고 싶다고 하세요. 그럼 거절하지 못할 거예요."

"뭐라고?"

승헌 삼촌이 놀란 목소리로 물었다.

"형사님께 전화하려다 승헌 삼촌에게 먼저 전화했어요. 이훈 보좌관님께 마지막으로 기회를 드리고 싶어요. 별이를 위해서라도……."

승헌 삼촌은 아무 대꾸도 하지 않고 전화를 끊었다.

침대 옆에서 엄마를 지켜보고 있다가 깜박 잠이 들었을 때였다.

잠결에 누군가 내 머리를 쓰다듬는 게 느껴졌다. 그 손길이 너무 부드럽고 따뜻해서 깨고 싶지 않았다. 마치 엄마의 손길 같았다. 엄마? 나는 퍼뜩 눈을 떴다. 정말 엄마가 침대에 앉아 내 머리를 쓰다듬고 있었다. 엄마의 눈에 눈물이 고여 있었다.

"엄마!"

"조이야."

우리는 끌어안고 펑펑 울기 시작했다. 그러다 곧 정신을 차리고 일어섰다. 엄마가 내 손을 잡았다.

"어디 가려고?"

"의사 선생님 모셔 와야지."

"잠깐만 이렇게 있자."

엄마의 말에 나는 침대에 앉아서 다시 엄마를 안았다.

"엄마, 엄마 정말 미안해. 그날 내가 그렇게 뛰쳐나가지만 않았어도 엄마가 다치지 않는 건데."

엄마가 나를 부드럽게 밀어내고 내 눈물을 닦아 줬다.

"아니야. 네 잘못이 아니야, 조이야."

"그날 내가 엄마에게 못된 말을 많이 했잖아. 미안해."

"괜찮아, 우리 딸. 다 괜찮아. 엄마도 너에게 미안해. 때려서 미안해."

엄마는 내 볼을 쓰다듬었다. 그런 엄마를 나는 한참 쳐다보다가 말을 꺼냈다.

"엄마, 할머니에게 이야기 들었어. 더 일찍 알았더라면 그런 말은 안 했을 텐데."

엄마는 내 손을 잡고 나를 보며 말했다.

"엄마는 널 정말 사랑해서, 네가 너무 보고 싶어서 낳았어. 넌 그저 엄마의 딸 한조이야. 그거론 부족할까, 조이야?"

나는 고개를 흔들며 말했다.

"아니, 그거로 충분해. 내가 엄마 딸이어서 기뻐. 그리고 엄마 말이 맞아. 난 나일 뿐이야. 누구의 딸도 아닌 한조이."

엄마는 나를 다시 꼭 안았다. 한없이 작고 가냘픈 엄마를 안으며 이번에는 내가 엄마의 요새가 되겠다고 결심했다.

엄마가 갈아입을 속옷과 화장품을 가방에 넣어 가지고 병원으로 가는 길이었다. 버스에서 "카톡 카톡" 소리가 울렸다. 핸드폰을 진동으로 해 둔다는 걸 깜박했네. 후, 한숨을 쉬며 진동으로 바꾸려는데 화면에 뜬 말에 심장이 펄쩍 뛰었다.

태현
헐, 대박. 이거 봤어?

우리 반 단톡방이었다. 채팅창을 보니 링크가 올라와 있었다. 무의식중에 링크를 눌렀는데, 음소거 상태로 영상이 재생됐다. 나는 숨을 헉 삼켰다. 그건 김태현 의원 부인이 누군가의 머리채를 쥐고 음악실 안을 돌아다니며 소리를 지르는 영상이었다. 나는 덜덜 떨리는 손으로 단톡방에 올라온 대화를 읽었다.

쩡은
완전 쇼킹!
이 아줌마 유리 엄마라며?

연주
헐, 유리 완전 *됐네.

현수 K
아까비, 이런 명장면을 놓치다니. ㅋㅋ
근데 머리채 잡힌 여자애 누구?

나리
얼굴에 모자이크 쳤잖아. 모르지.

경선
얘들아, 이거 조회수 완전 터졌다!
머리채 잡힌 애도 애지만 이걸 누가 찍었을까?

나는 손을 덜덜 떨며 단톡방을 나온 뒤 핸드폰을 꺼 버렸다. 그걸 누가 찍어서 올렸을까? 아, 짐작 가는 사람이 아예 없는 건 아니다. 고개를 들어 보니 어느새 버스는 병원 앞 정류장에 도착해 있었다. 내가 병원 로비에 들어서서 2층 에스컬레이터로 향하는데 나를 부르는 소리가 들렸다.

"야, 한조이!"

고개를 돌려 보니 수납 데스크 앞 플라스틱 의자에 앉아 있다가 일어나는 수현이 보였다. 수현은 보자기로 싼 뭔가를 들고 있었다. 우리는 잠시 서로를 말없이 바라봤다. 그러다 누구랄 것도 없이 동시에 피식 웃어 버렸다. 수현이 나를 향해 걸어왔다.

"오랜만이야."

수현이 말했다.

"그래, 오랜만이네."

"잠깐 이야기 좀 할 수 있어? 시간 많이 안 잡아 먹을게."

수현이 머뭇머뭇 말했다.

"잠깐 가지고 되겠어?"

내 말에 수현은 눈썹을 치켜올렸다가 내 미소를 보고 안도한 듯 한숨을 내쉬었다.

"저쪽에 베이커리 카페 있던데."

나는 앞장서서 가며 말했다.

"좋아. 네가 쏘는 거다."

우리는 베이커리 카페 테이블에 앉았다. 수현은 탄산음료를, 나는 따뜻한 코코아를 홀짝였다. 그때 수현이 물었다.

"어머닌 좀 어떠셔?"

"많이 좋아지셨어."

"다행이다!"

눈물을 글썽이며 기뻐하는 수현을 보고 내가 먼저 물어보기로 결심했다.

"그때 왜 그랬어?"

"어?"

"그때 그 학폭 회의 말이야."

"조이야, 나 사실 너를 질투했었어."

"뭐?!"

뜻밖의 대답에 순간 벙쪘다.

"화내지 말고 들어줘. 네가 나보고 건우 백과라고 했잖아. 그 정도로 내가 건우 좋아하는 거 너도 알고 있었잖아. 그런데 건우가 널 좋아하는 것 같았어. 적어도 관심 있는 건 확실해 보였어. 물론 넌 별이만 보고 있었지만. 난, 난 네가 부러웠어. 키도 모델처럼 크고 날씬하고. 유리는 아이돌처럼 예쁘지만, 넌 독립 영화 주인공 같은 분위기가 매력이야."

"야, 독립 영화 주인공 같은 분위기는 대체 뭐냐! 뭐, 아무튼 내가 너무 멋지고 예뻐서 질투했다는 거지?"

나도 모르게 픽 웃음이 나왔다.

"그래, 질투 파트는 용서할게. 근데 그 거짓 증언은 뭐야?"

"무천 건설에서 장학 재단을 운영해. 서울 명문대에 입학하는 학생들의 등록금을 지원하는 재단인데, 우리 오빠도 거기 장학생이야. 내가 유리에게 유리한 증언을 하지 않으면 오빠가 장학생 자격을 박탈당한다고 엄마가 부탁해서⋯⋯. 정말 미안해."

나는 금방이라도 울음을 터트릴 것 같은 수현을 보다가 손을 잡았다.

"알았어."

내가 손을 잡자 흠칫 놀란 수현이 말했다.

"이제 날 용서하는 거야?"

"그럼 뭐 피의 복수를 원해? 나도 고마워. 그 영상 네가 찍었지?"

그 말에 수현의 얼굴이 빨개졌다.

"유리 엄마가 널 불러내라고 시켰는데, 네가 무슨 일을 당할지 몰라서 몰래 찍어 뒀어."

수현이가 내 눈을 피하며 말을 이었다.

"학폭 회의 결과 진오는 강제 전학을 가게 됐어. 건우 할아버지가 절대 용서할 수 없다고 펄펄 뛰셨거든."

"와, 그거 쌤통이다! 하긴 나도 일주일 정학 먹었지만."

나는 혀를 쏙 내밀어 보이며 수현에게 말했다.

"아무튼 기쁜 소식을 들으니 갑자기 식욕 돋는다. 너 그 보자기 좀 풀어 봐."

내 말에 수현이 눈을 동그랗게 떴다.

"여기에 음식이 들었는지 어떻게 알았어?"

"야, 나 한조이야. 먹을 것을 향한 내 날카로운 후각을 벌써 잊은 거야?"

수현은 킥킥 웃으며 보자기를 풀었다. 3단 찬합이 나왔다.

"엄마가 너랑 너희 어머니 가져다 드리라고 솜씨 좀 발휘하셨지. 그때 그 일 미안하다면서……."

나는 찬합을 내 쪽으로 끌어당기며 말했다.

"어머님께 완전 고맙다고 전해 드려."

◈

"그때 백곰 형사에게 전화하기 전에 먼저 전화해 줘서 고마웠다고, 승헌 삼촌이 전해 달래."

"그래."

놀이터 그네에 앉아 있던 나는 발밑에 깔린 모래를 운동화로 슥슥 밀며 대답했다. 칫솔 분실 사건이 이번 사건과 관련이 있을지도 모른다는 생각에 내가 승헌 삼촌에게 전화를 건 지도 3주가 지났다. 그동안 많은 일이 일어났다. 나와 통화한 후 승헌 삼촌이 구치소에 있는 이훈 보좌관에게 면회를 신청했다. 두 사람 사이에 어떤 이야기가 오갔는지 우리는 알지 못했다. 다만 그동안 보좌관 아저씨를 침묵시킨 권력의 힘보다 승헌 아저씨의 사랑의 힘이 더 센 건

분명했다.

"훈이 삼촌이 그때 그랬던 건……."

별은 거기까지 말하다 입을 다물었다. 나는 잠자코 기다렸다. 이 상황은 별이에게도 힘들 테니까 재촉하고 싶지 않았다. 별은 한숨을 한 번 쉬더니 다시 말을 이었다.

"유리 할아버지에게 협박받았대. 유리가 그 사건 뒤에 할아버지에게 도와 달라고 매달리는 바람에 할아버지가 훈이 삼촌을 불러서 사건 현장을 조작하라고 시킨 거지. 삼촌도 처음에는 거절했대. 그런데 승헌 삼촌과의 사이를 온 세상에 까발리겠다고 했다나 봐. 승헌 삼촌이 무천에 있는 한 아무것도 못 하게 할 거고, 나도 아이들에게 게이 삼촌 조카라고 욕먹고 다니게 할 거라고. 훈이 삼촌도 선택의 여지가 없었어. 미안해."

나는 대답했다.

"네가 미안할 게 뭐가 있어? 이훈 보좌관 아저씨도 이해는 돼. 용서할 순 없지만."

이훈 보좌관이 마침내 입을 열면서 미국으로 가려던 유리가 공항에서 체포됐다. 하지만 서울에서 유명한 로펌 소속 변호사를 대동한 유리 엄마가 곧바로 경찰서로 쳐들어왔다. 유리 쪽 변호사는 그건 사고였다고, 엄마와 대화하던 유리가 일어나서 가려고 하자 엄마가 잡으려다가 미끄러져 넘어진 것뿐이라고 주장했다. 또한 그렇게 엄마를 보고 죽었다고 생각한 유리가 겁이 나서 도망쳤다고 대변했다.

이훈 보좌관은 유리 할아버지가 시키는 대로 강도가 든 것처럼 집을 어지럽히고 나와서 구급차를 부르려 했는데, 마침 그때 나와 별이 집에 오는 바람에 창고에 숨었다고 증언했다. 이 증언에 이어 엄마가 깨어나 자기를 공격한 사람이 유리였다고 증언하면서 사건은 급속도로 풀려 나갔다.

엄마 사건은 단순하면서도 복잡했고, 현직 의원의 가족과 보좌관이 연루된 범죄였다. 소문은 급속도로 퍼지기 시작했다. 인터넷에는 이 사건에 대한 게시물이 무수히 올라왔다. 현 의원의 처가가 아무리 대단해도 언론사 기사들을 모두 막지는 못한 모양이다. 바로 이 순간, 김태현 의원 홈페이지에 때맞춰 올라온 동영상 하나가 대중의 분노를 일으켰다. 김태현 의원 부인이 누군가의 머리채를 질질 끌고 다니면서 쌍욕을 하는 영상이다. 조작된 영상이라는 소문, 영상을 올린 사람의 정체에 대한 추측이 난무한 가운데 가족 단속 하나 못하는 인간이 무슨 정치냐는 맹비난이 김태현 의원에게 쏟아졌다.

"승헌 삼촌은 괜찮아?"

내가 물었다.

"아니. 훈이 삼촌이 짐을 싸서 집에서 나갔어. 그런데 그날 삼촌이 빈방에 들어가 울더라고. 온몸으로 우는 것 같은 소리가 들리는데, 너무 슬펐어. 인생에 단 한 번뿐인 사랑이라고 생각한 사람과 헤어진다는 게 쉽지 않았겠지."

별은 쓸쓸한 눈빛으로 하늘을 보다가 고개를 숙였다. 승헌 삼촌만 슬픈 게 아니라 너도 슬픈 거잖아. 너도 훈이 삼촌이랑 헤어져서 슬프잖아. 고개를 숙인 별이 안쓰러워 나도 모르게 등을 토닥이려고 손을 올리는데, 그때 별이 벌떡 일어나서 가까이 다가왔다.

"뭐, 뭐야?"

놀란 나를 보며 별이 피식 웃었다. 그리고 내 앞에 쭈그리고 앉아 풀린 줄도 몰랐던 내 운동화 끈을 매주고는 다시 일어섰다.

"이러고 다니다 넘어지면 코 깨진다."

별이 말했다.

"놀랐잖아! 키스하는 줄."

무심결에 내뱉고 아차 싶었다. 한조이, 정말 주책이야.

"키스할까?"

별이 장난스러운 표정으로 말했다.

"장난치지 마."

"나랑 사귈래?"

별이 여전히 싱글싱글 웃는 얼굴로 말했다.

"장난치지 말라니까."

"장난 아니거든."

나는 고개를 들어 그를 올려다봤다. 그러자 별이 내 손을 잡고 그네에서 날 일으켜 세우더니 내 눈을 보며 말했다.

"놀이터에서 처음 봤던 날부터 너를 좋아했어. 너의 밝음과 씩씩함이 좋았어. 내숭 떨지 않고 나에게 직진하는 네가 너무 귀여웠고. 너의 그 크고 동그란 눈, 짧고 귀여운 턱, 날렵한 발차기. 다 너무 좋아."

내가 너무 귀여웠다니! 첫날부터 내가 좋았다니! 나야말로 너무 좋아서 심장이 터질 것만 같았다. 그 순간 뭔가 마음에 걸렸다. 손톱 밑에 박혀 있는 가시가 있었다. 지금 그 가시를 뽑아내지 않으면 두고두고 찜찜할 것이다.

"유리는?"

"유리?"

별은 의아한 얼굴로 나를 바라봤다.

"여기서 유리가 왜 나와?"

별이 물었다.

"그 그림들……."

"아. 아하하하하하."

별은 웃음을 터트렸다. 오랜만에 들어 보는 별의 웃음소리는 탬버린을 흔드는 것처럼 경쾌했다. 하지만 나는 웃지 않았다. 네가 고

백했다고 덥석 오케이 할 거라고 생각했다면 오산이야. 김별, 나 의
외로 어려운 여자라고.

"나 웹툰 작가가 꿈이야. 웹툰을 그리려면 다양한 캐릭터를 그릴
수 있어야 해. 유리 얼굴은 그런 면에서 재미있는 소재야. 이기적이
고, 질투심이 강하고, 자기밖에 모르고. 걔처럼 나쁜 표정을 다양하
게 지을 수 있는 캐릭터도 흔하지 않잖아."

갑자기 가슴속에서 풍선 하나가 부풀어 오르기 시작했다. 조금
만 더 커지면 내 몸이 부웅 허공으로 떠오를 것 같았다.

"그렇다고 해도 고백 타이밍이 좀 그렇지 않니? 그리고 그동안
나를 좋아했다는 증거가 어디 있어?"

나는 한껏 새침하게 물었다. 연애는 밀당이 전부라고, 내가 본 모
든 로맨스 소설이 알려 줬다.

"증거?"

별이 의아한 얼굴로 고개를 갸웃거렸다. 그러다 얼굴이 환해졌다.

"증거 있어."

"뭐야?"

"너도 알 텐데."

"내가?"

"응. 내가 정성스럽게 조공을 바쳤잖아."

"조공?"

이번엔 내가 고개를 갸웃거렸다. 그러다 떠올랐다.

"딸기우유!!"

우리는 동시에 소리쳤다. 나는 놀란 눈으로 물었다.

"그게 너였어?"

"그래, 이 둔팅아."

"근데 네가 결석했을 때도 내 책상에 딸기우유가 있었는데?"

"그건…… 킥킥킥. 수현이한테 부탁했지."

"아, 수현이 고거!"

견딜 수 없을 정도로 어마어마한 배신감이 밀려왔다. 하지만 기쁨에 찬 배신감이었다.

"그래, 사귀자!"

휴, 이만하면 오래 참았다.

"그럼 우리 오늘부터 1일?"

그 말을 하는데 나도 모르게 볼이 붉어졌다. 그때 별이 말했다.

"그전에 나도 조건이 있어."

"뭔데?"

"술 끊어."

"이미 끊었는데?"

"어떻게?"

"마실 이유가 사라졌으니까."

내가 한껏 뻐기며 대답하자, 별이 싱긋 웃으며 말했다.

"올, 한조이, 역시 멋져!"

"난 태어날 때부터 아주 막 멋졌어."

"근데…… 어머니는 이제 좀 괜찮으셔?"

별은 내 손을 잡은 채 자기 외투 주머니에 찔러 넣고는 놀이터 입구를 향해 걸어갔다. 으아, 이게 지금 꿈이냐, 생시냐.

"어. 우리 엄마는 숲속의 미녀 같아."

"숲속의 미녀?"

별이 의아한 얼굴로 말했다.

"아 왜, 숲에서 잠자는 미녀 있잖아. 왕자님이 키스할 때까지 계속 퍼 자던 미녀."

"아하."

별이 피식 웃었다.

"아주 푹 잤다는 표정으로 깨어나서 다시 잔소리하기 시작했어. 귀찮아 죽겠다니까. 내일 퇴원할 때 입을 옷이랑 신발 챙겨 오래."

나는 별의 따뜻한 손을 꼭 잡고 집으로 걸어갔다. 하늘이 어두워지고 있었다. 옆에서 걸어가는 별을 보며 생각했다. 괜찮을 거야. 너도, 나도, 엄마도, 승헌 삼촌도 괜찮을 거야. 다 괜찮아질 거야.

세 번의 시도 끝에 결국 유리는 내 면회 신청을 받아 줬다. 우리는 작은 테이블을 사이에 두고 마주 앉았다. 죄수복을 입은 유리는 교복을 입을 때나 다름없이 예뻤다. 얼굴에 드리운 그늘 때문에 어쩐지 비련의 주인공처럼 보이기도 했다. 쳇, 이 와중에도 양심 없이 예쁘고 난리야.

"왜 자꾸 보자는 거야? 내가 어떻게 얼마나 찌그러졌는지 구경하려고? 뒤늦게 분풀이라도 하려는 거야?"

유리는 독기 어린 눈빛으로 나를 보며 말했지만, 나는 그 센 척하는 표정 너머에 두려워하는 마음을 읽을 수 있었다.

"궁금해서."

"궁금?"

"미모, 재력, 권력, 멋진 남친까지 다 있는 네가 뭐가 아쉬워서 그날 우리 엄마를 찾아온 건지. 왜 그랬는지 궁금해서."

"조서 다 읽었을 텐데 뭐가 더 궁금하다는 거야?"

유리는 가소롭다는 눈빛으로 나를 보며 말했다.

"아빠 때문이니?"

내 말에 유리의 눈동자가 순간 흔들렸다.

"너희 아빠, 김태현 의원. 아니, 사랑하는 딸 때문에 후보도 사퇴했으니까 이제는 그냥 일반인 김태현 씨인가."

내 말에 유리가 주먹을 꽉 쥐었다가 다시 풀면서 손가락 관절이 하얗게 질리는 게 보였다.

"너 진짜 처음부터 거슬렸어."

유리가 쏘아붙였다.

"네 인상도 만만치 않게 더럽거든."

내가 받아치자, 유리가 어이없어 했다.

"키만 열라 크지 뭐 대단히 예쁜 것도 아니고. 공부를 엄청 잘하는 것도 아니고. 별 매력도 없는 것 같은데, 이상하게 싫었어. 거기다 건우까지 자꾸 너한테 관심을 가지는 것 같아 더 기분 나빴고."

듣다 보니 슬슬 열받았지만, 건우 부분은 그럴 수도 있겠다 싶어서 아무 대꾸도 하지 않고 계속 들었다.

"그날 회의실에서 아빠를 보고 깨달았어. 네가 거슬렸던 이유. 아빠가 너희 엄마를 보는 눈빛, 아빠가 널 보는 눈빛을 봤어. 네가 재수 없었던 이유가 이거였구나."

"눈빛?"

그날 유리를 보던 김태현의 얼굴이 떠올랐다. 세상에서 가장 소중한 보물을 보는 그 눈빛.

"아빠가 세상에서 제일 사랑하는 사람은 나라고 자신했는데, 그날 회의실에서 처음으로 흔들렸어. 어쩌면 내가 아닐지도 모른다는 생각이 들었어. 아빠가 너희 엄마를 보는 눈빛은 우리 엄마를 보는 눈빛과 달랐거든. 우리 엄마를 볼 때는 단 한 번도 그렇게 본 적이 없는데. 거기다 너를 보는 눈빛도."

유리는 입을 다물고 고개를 숙였다.

"그래서 우리 엄마를 그렇게 밀어 버린 거야? 우리 엄마 죽으라고?"

"아니야!"

유리가 소리를 꽥 질렀다.

"그냥 물어보고 싶었어. 아빠랑 어떤 사인지. 난…… 난 두려웠어. 아빠가 날 두고 너희 집에 가서 살겠다고 할까 봐. 그날 아빠 눈빛은 금방이라도 그럴 것 같았다고."

"알았어."

"뭐?"

유리가 눈물을 닦다가 의아한 표정으로 나를 봤다.

"죄를 지었으니 벌이나 잘 받아. 진오 그 자식이 막대기를 멋대로 휘두른 죄로 강제 전학 간 것처럼 말이야. 너도 우리 엄마를 다치게 한 건 여기서 두고두고 반성해야 할 거야. 하지만……."

나는 심호흡을 한 번 하고 말했다.

"너희 아빠가 널 떠날 일은 없을 거야. 그럼 난 간다."

일어서서 면회실을 나가려고 하는데, 유리가 나를 불렀다.

"한조이. 칫솔로 유전자 검사한 거, 결과가 궁금하지 않아?"

나는 돌아서서 유리를 봤다.

"아니, 전혀 궁금하지 않아. 난 너처럼 가문의 후광 따위 받지 않아도 존재 자체가 빛나는 사람이거든. 그리고 우리 엄마 한정연 씨의 딸로 충분하고. 우리, 두 번 다시 보지 말자."

"조이야, 짐 다 챙겼어?"

그렇지 않아도 배낭을 열심히 싸고 있는데 엄마가 방에 들어왔다. 수술을 받느라 짧게 자른 머리 한쪽에 실핀을 찌른 엄마는 학생처럼 어려 보였다.

"거의 다 챙겼어. 보조배터리만 챙기면 돼."

"그래. 수현이 오늘 결선 무대라고 했지? 사진 많이 찍어 주려면

배터리 챙겨 가야겠네. 밥은 별이랑 수현이랑 먹을 거야?"

"수현이는 떨려서 뭘 먹기나 하겠어? 인스타그램에서 찾은 맛집에서 별이랑 맛있게 먹어야지. 하하하."

"와, 이거 사귄다고 너무 티 내는 거 아니야?"

엄마가 미소를 지으며 말했다. 그러더니 5만 원짜리 한 장을 내밀었다. 나는 돈을 냉큼 받으며 말했다.

"와, 땡큐! 사랑합니다! 근데 물가도 올랐는데 한 장 더 주면 안 돼?"

"야, 내놔. 어서!"

엄마가 그 돈을 뺏으려 했다.

"늦었다. 빨리 나가야지."

나는 배낭을 들고 엄마를 피해 나왔다.

"서울에선 차 조심, 길 조심! 사람도 조심하고!"

엄마가 내 등에 대고 소리쳤다.

"엄마, 나 서울이 고향이야!"

나는 허겁지겁 집을 나왔다. 언제나 나를 괴롭히던 나무 대문은 이제 파란색 철제 대문으로 바뀌었다. 퇴원한 엄마는 제일 먼저 대문부터 바꿔 달았다. 반짝거리는 번호 키를 단 새 대문이 매끄럽게 닫혔다. 뒤돌아서자, 크로스백을 한쪽 어깨에 둘러멘 채 문 앞에 서 있는 별이가 보였다.

"벌써 나왔어?"

내가 말하자 별이 싱긋 웃었다.

"너 늦을까 봐 걱정돼서 나왔지."

"무슨 그런 말도 안 되는. 참, 어젯밤에 놀이터에서 너 봤다."

"나?"

별이 의아한 얼굴로 물었다.

"어. 너랑 건우 둘이 농구하고 있던데."

내 말에 별이 다시 싱긋 웃었다. 나는 말했다.

"와, 그 표정 뭐야? 대답해. 내가 좋아, 건우가 좋아?"

별이 대꾸하려는 순간 저쪽에서 순이가 쏜살같이 달려왔다.

"엇. 저거. 저."

내가 말하는데 건우가 순이를 쫓아오다가 우리를 보고 외쳤다.

"야, 너희들. 순이 좀 잡아!"

우리는 엉겁결에 순이를 쫓아 달렸다. 다리가 긴 별이 앞장서고, 그 뒤를 따라 내가 달렸는데 어느새 건우가 나를 앞질렀다. 순이는 긴 혀를 쑥 내밀고 헥헥거리며 신나게 달려갔다. 우리도 하하하, 웃으며 그 뒤를 쫓았다.

"순이야, 거기 서!"

청소년 소설을 처음 제안받았을 때는 깜짝 놀랐습니다. 청소년이란 시절로부터 제가 너무 멀어졌다고 생각했기 때문이죠. 그런데 제가 쓴 첫 소설 『너를 찾아서』의 주인공들이 성장하는 모습이 마음에 들었다는 얘기에 생각이 조금 달라졌습니다. 그렇죠, 어느 날 갑자기 어른이 된 사람은 없어요. 모두 태어나 조금씩 조금씩 자라면서 자기 몫의 기쁨과 아픔과 좌절과 행복을 맛본 후에 어른이 되는 것이니까요. 그래도 조금 망설여졌습니다.

그러다 어느 날 느닷없이 조이가 제 머릿속으로 폴짝 뛰어 들어왔습니다. 누구보다 훌쩍 큰 키가 콤플렉스인 아이. 어려서부터 운동으로 단련됐고 시원한 발차기가 필살기인 아이. 엄마와 단둘이 살지만, 세상 누구보다 엄마를 사랑하는 아이. 항상 웃고 있는 것처럼 보이지만 마음속에 아픔이 있는 아이. 그렇게 조이의 얼굴이 떠

오른 후 용기 내어 이야기를 써 나갈 수 있었습니다. 아니, 쓰고 싶어졌습니다. 어쩌면 조이를 통해 저도 모르게 하고 싶었던 몇 가지 이야기를 찾은 건지도 모르겠습니다.

첫 번째는 '다름'과 '차별'에 관한 이야기입니다. 우리는 모두 세상에 하나밖에 없는 고유한 존재로 태어났습니다. 일란성 쌍둥이로 태어났다고 해도 다를 수밖에 없는데, 스스로 어쩔 수 없는 다름이 차별받는 이유가 되기도 합니다. 조이처럼 태어날 때부터 아빠가 없어서, 별처럼 혼혈로 태어나 피부색이 달라서, 수현처럼 다른 사람보다 통통한 체격이라서. 그뿐인가요. 공부를 못해서, 장애인이라서, 가난해서 등등 차별받는 이유는 사실 많고도 많습니다.

왜 세상은 서로의 다름을 인정하거나 존중하기보다 배척하고 소외시키는 걸까요? 그게 더 쉽고 편하고 직관적이기 때문입니다. 그렇게 서로를 구분 짓고, 그에 비해 나는 무난하고 평범하니 안전하다고 생각하며 안도합니다. 하지만 정말 그럴까요? 그렇게 획일적이고 일방적으로 정한 기준에 일치하지 않다는 이유로 밀어내고 상처를 주고 모욕하는 세상이 과연 내가 살기에 안전할까요? 지금 그 기준에 합격한다고 해도 언젠가 나도 밀려날 수 있다고 생각하는 인생은 얼마나 불안할까요? 과연 다른 길은 없는 걸까요?

조이의 이야기를 쓰기 시작하면서 이런 주제로 독자들과 이야기를 나눠 보고 싶다는 생각이 들었습니다. 마치 의자 뺏기 게임을 하듯 게임에 참가한 사람들의 의자를 뺏으면서 계속 의자를 하나씩 빼다 보면 마지막까지 남는 사람은 몇 명이나 될까요? 그 혹독한 기준에 맞추기 위해 우리는 원하지도 않는 싸움을 얼마나 치열하게 해야 하는 걸까요? 정말 그런 싸움을 해야 할 가치는 있는 것인지 물어보고 싶었습니다.

두 번째는 '사랑'에 관한 이야기입니다. 부모와 아이의 관계는 순수하게 사랑과 믿음으로만 이뤄져 있고 그게 정석이라고 생각하기 마련이지만, 사실은 그렇지 않은 경우가 많아요. 제가 어렸을 때만 해도 남아선호사상이 굉장히 극심했기 때문에 여자아이들은 이런 말을 많이 듣고 자랐습니다. "아들 낳으려다 보니 널 낳았어", "느닷없이 아이가 생겨서 지우려고 했는데 결국 실패했어", "넌 실수로 태어난 아이야" 같은 말이요.

이건 어디까지나 과거의 이야기라고 생각했는데, 요즘도 자식들에게 이런 말을 아무렇지 않게 하는 부모들이 있다고 합니다. 그 얘기를 듣고 놀라기도 했지만, 저는 아이가 받는 상처에 대해 생각했습니다. 그리고 '태어날 때 환영받지 못한 아이라고 해서 그 일생이 계속 비참하고 슬퍼야 하는가', '자신을 아끼고 사랑하는 법을 배우지 못한 채 평생 살아가야 하는가' 하는 의문과 함께 그래선 절대 안 된다는 생각이 들더군요.

세상에 어떤 이유로 태어났건, 그러니까 부모가 사랑으로 낳은 아이건 그렇지 않건, 아이들은 모두 태어나서 살아 있는 그 자체로 소중한 생명이라는 말을 해 주고 싶었습니다. 세상이 정한 일방적인 조건에 부합하지 않는다고 해서 그 존재 자체가 부정되는 건 아니라고, 오히려 그 누구보다 멋지고 근사한 사람으로 행복하게 살아갈 수 있다고 말하고 싶었습니다. 타고난 자신의 가치를 믿고 힘차게 살아갈 수 있다면 된다고 말입니다. 그리고 그런 자신을 믿어주고 사랑하는 사람이 단 한 명이라도 있다면 세상은 정말 살 만한 것이라고요.

조이가 성장하는 모습을 보며 제가 참 많이 위로받았습니다. 아마도 그건 저 역시 어렸을 때부터 평범한 사람들과 다르다는 이유로 여러 번 차별받았기 때문일 것입니다. 여자라는 이유로, 전라도에서 태어났다는 이유로, 한부모가정에서 자랐다는 이유로, 또 성인이 되어서 혼자 아이를 키우면서 다양한 형태의 차별을 경험했으니까요. 그래서 다양한 이유로 차별받으면서 마음이 어려운 청소년들에게 힘이 되는 이야기를 쓰고 싶었습니다.

여러분, 그거 알아요? 심장이 말랑말랑한 시절에 받은 상처가 평생 가기도 하지만, 그 상처를 치유하고 극복하면 오히려 더 단단하고 멋진 어른으로 성장할 수도 있다는 거 말이에요. 그리고 그 덕분에 타인에 대한 공감력이 생겨서 더 많은 이들을 포용하고 배려할 수 있는 관대한 사람으로 성장할 수 있다는 걸요.

　아픔을 겪어 보지 못한 사람은 타인의 아픔을 이해하기 쉽지 않습니다. 하지만 우리는 또 다른 방법, 이야기를 통해 타인의 다양한 아픔을 간접적으로 체험해 볼 수 있습니다. 그리고 주인공의 슬픔과 고통에 공감하면서 마음의 크기가 한 뼘씩 더 커집니다. 현실에서 만나 볼 수 없는 사람들을 책 속에서 만나면서 마음의 대화를 나누고, '나라면 이런 상황에서 어떻게 행동하고 대처할까?' 생각하는 과정에서 문제 해결 능력이 발달하기도 하지요. 자신의 근원을 찾아 좌충우돌 열심히 뛰어다니는 조이의 이야기에 여러분도 동참해 주시면 좋겠습니다. 소설의 마지막 장을 덮고 나면 교실이나 학원에서 만나는 친구들의 얼굴이 조금은 다르게 보이지 않을까요?

박산호

오늘도 조이풀하게!

초판 1쇄 펴낸날 2024년 3월 30일
초판 2쇄 펴낸날 2024년 4월 15일

지은이 박산호
펴낸이 서상미
펴낸곳 책이라는신화

기획이사 배경진 권해진
책임편집 유혜림
표지 및 본문 디자인 전보영
홍보 문수정 오수란 이무열
마케팅 김준영 황찬영
독자 관리 이연희 **콘텐츠 관리** 김정일

독자위원장 민순현

출판등록 2021년 12월 22일(제2021-000188호)
주소 경기도 파주시 문발로 119, 304호(문발동)
전화 031-955-2024 **팩스** 031-955-2025
블로그 blog.naver.com/chaegira_22
포스트 post.naver.com/chaegira_22
인스타그램 @chaegira_22
유튜브 책이라는신화 채널
전자우편 chaegira_22@naver.com

ⓒ 박산호, 2024
ISBN 979-11-987001-0-0 43810